हलंत

[कथा-संकलन]

हलंत

हृषीकेश सुलभ

राजकमल प्रकाशन
नयी दिल्ली पटना इलाहाबाद कोलकाता

ISBN : 978-81-267-2744-5

मूल्य : ₹ 250

पहला संस्करण : 2015

प्रकाशक : राजकमल प्रकाशन प्रा. लि.
1-बी, नेताजी सुभाष मार्ग, दरियागंज
नई दिल्ली-110 002

शाखाएँ : अशोक राजपथ, साइंस कॉलेज के सामने, पटना-800 006
पहली मंजिल, दरबारी बिल्डिंग, महात्मा गांधी मार्ग, इलाहाबाद-211 001
36 ए, शेक्सपियर सरणी, कोलकाता-700 017

वेबसाइट : www.rajkamalprakashan.com
ई-मेल : info@rajkamalprakashan.com

मुद्रक : बी.के. ऑफसेट
नवीन शाहदरा, दिल्ली-110 032

HALANT
Stories by Hrishikesh Sulabh

कथाकार कर्मेन्दु शिशिर के लिए

कथाक्रम

अगिन जो लागी नीर में

सूचना-विस्फोट ठीक ग्यारह बजे हुआ।...ग्यारह बजे दिन में।

गाँव के पूरबी छोर पर कारी भेड़िहर का बथान था। सूचना की आस लगाए रोज़ की तरह यहीं बैठे थे जगत कानू। वही इस सूचना-विस्फोट के पहले शिकार बने। जगत कानू के परखचे उड़ गए। वह ख़बरों के रसिया थे। रोज़ ख़बरों से उनकी मुठभेड़ होती। वह ख़बरों को सम्भालना, चुभलाना और उनका स्वाद लेना जानते थे। पर ऐसा पहले कभी नहीं हुआ था कि उनकी बोलती बन्द हो जाए। जगत कानू सिर्फ़ इतना भर चीख़ पाए...''गजब रे छौंड़ी...गजब!''

कारी का बथान, बस कहने भर के लिए बथान था। वह सम्पन्न किसान थे। एक बड़ा दालान, दो कोठरियाँ और एक ओसारा। सामने चार-पाँच कट्ठे का सहन। सहन में नीम और कटहल और आम के पेड़। कुआँ था। कुएँ में पानी निकालने के लिए ढेंकुली लगी थी। इस पूरे जवार में यही एक कुआँ था जिस पर अब ढेंकुली बची थी। कतारबद्ध पाँच नादोंवाला चबूतरा था। चारा मशीन, भेड़ की उन, हल-हेंगा, रस्सी-पगहा, खटिया-चौकी, खाद-बीज, माल-मवेशी, बैठकबाज-गप्पी और कारी और कारी का जवान बेटा रामलगन—सब अँटे-गँसे थे इस बथान में। कारी-बहू दिन का कलेवा लेकर आती और बाप-बेटे को खिलाकर काम-धाम निबटाती हुई शाम तक वापस घर लौटती। रात में रामलगन खाना खाने घर जाता और बाप के लिए खाना साथ लिये लौटता। कभी-कभार नहीं भी लौटता। तबीयत दब होने के बहाने रुक जाता। फिर कारी-बहू पति का खाना लेकर बथान आती और रात गुज़ारकर भोरे-भिनसारे मुँह-अँधरे लौटती। पहले, जब बेटे का ब्याह नहीं हुआ था, कारी की तबीयत दब होती थी। तब रात में रामलगन घर की अगोरवाही करने चला जाता और कारी-बहू कारी को खिलाने, कारी की सेवा-टहल करने बथान आ जाती। बेटे के ब्याह के बाद यह क्रम उलट गया। कारी के बदले रामलगन की तबीयत दब रहने लगी। कारी बहुत कम घर जाते। साल में दो-चार बार।

चैत का महीना था। नीम और आम की फुनगियों पर बौर और कटहल के तने में फल लटके थे। कटहल में चोंच मारनेवाले पंछियों का आना-जाना लगा हुआ था। दिन उझंख होने लगे थे। सुबह की सिहरन से दिन में बहनेवाली पछिया हवा का कोई रिश्ता नहीं था। रबी फ़सल की कटनी लगभग पूरी हो चुकी थी। जहाँ-तहाँ बस पिछात फ़सल ही इस पछिया हवा का इन्तज़ार करती हुई खेत में खड़ी थी। रबी से पहले ख़रीफ़ ने धोखा दिया था। धान के बीज ही नकली निकल गए। अधिकतर लोग ठगे गए। फ़सल की बाढ़ और हरियाली तो ऐसी ज़बरदस्त थी कि आँखें जुड़ा जातीं, पर जब धान के गाभ से बालियाँ नहीं निकलीं, तब पता चला कि धरती की कोख पर डाका पड़ गया है। पर इस बार रबी ने मन का मलाल मिटा दिया था।

सूचना-विस्फोट होते ही बथान की आबोहवा बदल गई। रामलगन दालान में बैठा सतुआ की पिट्ठी निगल रहा था। उसकी महतारी दिन का कलेवा लेकर पहुँची थी। बेटे के सामने बैठी उसे पिट्ठी निगलते हुए देखकर तृप्त हो रही थी। विस्फोट से पैदा हुई जगत कानू की अचरज-ध्वनि इतनी दमदार थी कि रामलगन के कंठ में पिट्ठी अटक गई। कारी बहू झपटती हुई उठी और उसने बेटे की पीठ पर एक धौल जमा दी। पिट्ठी नीचे सरक गई। उसने बेटे की ओर पानी से भरा लोटा बढ़ाया, पर रामलगन को फ़ुर्सत कहाँ! वह कूदा। ओसारे की दीवार से पीठ टिकाए चौकी पर आँखें मिचमिचाते जैसे-तैसे बैठे थे जगत कानू। रामलगन ने झपट्टा भारकर सूचना पर अपना अधिकार जमाया।

वह भी चीख़ा, "...आहि रे बाप!"

कारी कुएँ से पानी भर रहे थे। हाथ-मुँह धोकर सतुआ खाने जाने ही वाले थे कि बेटे की गगनभेदी चीख़ से उन्हें काठ मार गया। हाथ से रस्सी छूटी और ढेंकुली कुएँ में गड़ाप हो गई। कुएँ के थिर जल में हिलोरें उठीं। इस सूचना-विस्फोट ने पृथ्वी के ऊपर ही नहीं अतल में भी हलचल मचा दी थी। कारी बेटे का उछल-उछलकर काग़ज़ निहारना देख रहे थे। लिख लोढ़ा, पढ़ पत्थर थे कारी। इस मनहूस काग़ज़ को लेकर हमेशा शंकित रहते थे। वह इसे झंडा पुकारते। इस काग़ज़ के चलते जगत कानू से बतकुच्चन रोज़ का शगल था। जगत कानू का झंडा-प्रेम ही उन्हें जगत की ज़िन्दगी की बरबादी का मूल कारण लगता। बेटे को झंडा-वाचन करते देखकर अक्सर चिढ़ते और कहते—"जगतवा का चेला मत बनो...झंडा में अझुराओगे तो खेती-बारी बिला जाएगी।"

ज़िला मुख्यालय सीवान से छपरा जाने के लिए दो सड़कें निकलतीं। एक दुरौंधा होते हुए छपरा जाती और दूसरी हसनपुरा होते हुए। एक सड़क दुरौंधा और हसनपुरा को आपस में जोड़ती थी। यह कच्ची सड़क थी। बरसात में जल और

पाँक से आप्लावित और चैत-वैशाख में धूल उड़ाती। इन्हीं सड़कों के सहारे दैनिक अख़बारों के संस्करण सुबह-सुबह सायकिल पर सवार होकर सीवान से निकलते, दुरौंधा और हसनपुरा होते हुए पूरब और पश्चिम दोनों दिशाओं से हरपुर गाँव में घुसते और साँझ तक हंसों की तरह तैरते रहते। कभी इस हाथ, तो कभी उस हाथ। ऐसा नहीं कि गाँव सिर्फ़ इन अख़बारों के भरोसे था। अरब के कमासुतों के घर डिश टीवी अपने जलवे दिखा रहा था। पर असली संकट बिजली का आना था। बिजली कभी-कभार ही आती थी। बैट्री ख़र्च कर समाचार देखना सम्भव नहीं था। लोग सास-बहू के तमाशों के लिए बैट्री बचाकर रखते। हाँ, अगर कोई ख़ास ख़बर अख़बारों से पता चल जाए, तो फुद्दन मियाँ ज़रूर टेलिविजन खोल देते। उनके दालान में भीड़ जुट जाती। पर इन दिनों फुद्दन दिन-ओ-दुनिया से ग़ाफ़िल जी रहे थे। उनके छोटे बेटे मेराज की नई-नवेली दुल्हन ने टेलिविजन दालान से उठवाकर भीतर मँगवा लिया था। पढ़ी-लिखी बहुरिया के रुतबे के आगे फुद्दन मिमियाते रह गए थे। बड़े बेटे मजीद ने पहली बार अरब से लौटते हुए दिल्ली में ख़रीदा था। मजीद बहू ने कभी ऐसी दबंगई नहीं दिखाई। पर इस मेरजवा की बीवी ने तो आते ही...।

गाँव में सूचना-विस्फोट कई जगह हुए,...थोड़ी-थोड़ी देर के अन्तर पर। विस्फोटों के बाद सारा गर्द-ओ गुबार बाज़ार की ओर चला आ रहा था। हरपुर बाज़ार में चहल-पहल बढ़ गई थी। बाज़ार गाँव के बीच में हृदय-स्थल की तरह था। सुबरन साह की चाय की दुकान, हदीस मियाँ की कपड़े की दुकान, किसुनदेव की पान-गुमटी के सामने अख़बार के मुखपृष्ठ पर माथा झुकाए भिनभिनाती हुई मक्खियों की तरह लोग टूट रहे थे। अख़बार के पहले पन्ने पर हेल्थ सेन्टर वाली मैडम माधुरी देवी की बेटी सुवंतिया की फोटो छपी थी। साफ लाँगट-उघार फोटो। पतली चोली और कछिया पहने। फोटो के नीचे छपा था—मिस पटना: सुवंती स्नेहा।

"नाम बदल लीहिस का जी?...सनेहा का होता है भाई?" भीड़ में गँसा अपना सिर बाहर निकालते हुए फुद्दन मियाँ ने जिज्ञासा प्रकट की।

"सनेह करनेवाली।...मोहब्बत बूझते हैं चच्चा?...सबसे मोहब्बत करनेवाली।" बाबू रामधियान सिंह के इकलौते कुलदीपक पप्पू सिंह ने अपने ज्ञान का पिटारा खोला।

फुद्दन समझ गए कि अगर उन्होंने तत्काल मेंड़ पर माटी नहीं फेंकी तो सब तहस-नहस हो जाएगा। बरसात का पानी है पपुआ। मुँहतोड़ जवाब देने में अगर चूक हुई तो सुवंतिया की सगरी लीला बिसर जाएगी और पपुआ सरे बाज़ार कोई नया तमाशा उनके लिलार पर साट देगा। फुद्दन ने टिहकारी भरी—"तब तो बड़ा

बुरा हुआ बाबू।...अब तो तुम्हारे संगतिया की भैंस बिना पानी के डूब गई।''

"मतलब?" पप्पू फुफकार उठे।

"मतलब तो साफ़ है बाबू कि जब सबसे मोहब्बत करेगी तो टुन्नी मिसिर बिना हल्दी-मंडप के ही रँडुवा हो जाएँगे।"

बतकही की हवा अपनी दिशा बदल रही थी। इस दिशा बदलती बतकही की हवा की आहट पाकर सुबरन साह चौकन्ने हो गए। अनिष्ट घटने की आशंका से पहले तो उनका मन काँपा। पर अक्सर ऐसे हालातों से जूझना उनके पेशे की लाचारी थी। बिना बात के बतकुच्चन...फिर गरमा-गरमी और उसके बाद रे-तो और समापन में लप्पड़-थप्पड़ की सम्भावना हमेशा बनी रहती थी। सुबरन यह मानकर दुकानदारी करते कि रस में मक्खी-मधुमक्खी और हड्डा-बिरनी तो गिरेंगे ही। हालात सम्भालने के लिए वह अलग-अलग अवसरों पर अलग-अलग अस्त्रों का उपयोग करते। सुबरन बोले—"बन्द कीजिए रामायन बाँचना। दीजिए, चूल्हा सुलगाना है।"

"हे मरदे, आज के पेपर से आज चूल्हा जलेगा?" मंगल मिसिर अभी तक सुवंतिया की फोटो का दर्शन नहीं कर सके थे।

"कौन वेद-पुरान में लिखा है कि आज के पेपर से आज का चूल्हा नहीं जलेगा?...आप लोग लोकसभा विसरजन कीजिए।...बराए मेहरबानी बेंच खाली कीजिए। बेंच का कील-कब्जा ढीला हो गया पर एक गिलास चाय-पानी का औडर नहीं।"

"चार स्पेशल...एक कलछुल भी पानी नहीं।" मौक़े की नज़ाकत भाँपकर पप्पू सिंह ने चाय का आर्डर दिया। बोले—"...और मंगल बाबा के लिए मलाई के साथ चीनी बढ़ा के...और एक ठो डंडा बिस्कुट भी...।"

"नकली दाँत से डंडा बिस्कुट टूटेगा?" भीड़ से किसी ने नगीना जड़ा और अगिया-वैताल हो गए मंगल बाबा। गरजे—"सरऊ! खिलाओ अपनी नानी को...हरपुर से रजानीपुर तक ढोल-ताशा पीटवाते हुए तुम्हारे बाप की बारात लेकर गए थे। बेटी की विदाई के बदले अपने डोली पर चढ़ने के लिए बेचैन थी तुम्हारी नानी।...सरऊ, तुम्हारे पैसे की चाह को हम मूत बूझते हैं।"

मंगल मिसिर अपनी लकुटी भाँजते हुए नाचने लगे। सुवंतिया की फोटो देखने की लालसा पर पानी फेर दिया लौंड़ों-लपाड़ों ने। पप्पू को गरियाते लौट गए मंगल मिसिर। मंगल मिसिर के चिड़चिड़ेपन, क्रोध और गालियों की ख्याति पूरे जवार में थी। वह जब अपने घर से बाज़ार के लिए निकलते सारा गाँव स्पन्दित हो उठता। बस एक चुहल भर की देर होती। गाँव का कोई नवतुरिया एक बोल फेंकता और मंगल मिसिर उससे अपने रिश्ते का ध्यान रखते हुए उसकी दादी-नानी की

ऐसी-तैसी करते। गालियों की परवाह किए बग़ैर लोग मज़े लेते। औरतें भी चुहल करने में चूकती नहीं थीं। सब अवसर की ताक में रहते।

"फुद्दन चा, अपना टीवी चालू कीजिए। सब दिखा रहा होगा। का अख़बार में मूड़ी गोते हुए हैं!" पप्पू सिंह के कलेजे में टुन्नी वाली बात चुभ गई थी। वह फुद्दन मियाँ को बिना लपेटे सरकने नहीं देना चाहते थे। पप्पू का मानना था कि मंगल बाबा के परलोक सिधारने के बाद फुद्दन ही होंगे गाँव के मनोरंजन-पुरुष। लाख उकसाते रहे पप्पू, पर फुद्दन मियाँ बज्र बहिर की तरह अनसुनी करते रहे। उनकी रुचि अभी पप्पू में नहीं, सुवंतिया की रसचर्चा में थी। वह अपने मन का स्वाद बिगाड़ना नहीं चाहते थे।

पप्पू सिंह और टुन्नी मिसिर जिगरी यार थे। लँगोटिया यारी थी। टुन्नी और सुवंती की प्रणय-लीला में पप्पू सहचर थे। खेत-खलिहान,...राह-घाट,...रात-बिरात,...

दिन-दोपहर; हर स्थान और हर घड़ी वह रक्षा-कवच की तरह टुन्नी और सुवंती के मिलन-यज्ञ की रक्षा में तत्पर रहे थे। टुन्नी भावुक क़िस्म के प्रेमी थे और पप्पू हर हाल में साथ निभाने वाले दोस्त। टुन्नी अपनी सुवंती के लिए कुछ भी त्यागने और कुछ भी बनने को उत्सुक थे, तो पप्पू अपने दोस्त के लिए किसी से भी रार ठानने और लोहा लेने के लिए। टुन्नी कवि-हृदय थे और पप्पू योद्धा। प्रेम में जब-जब संकट-काल आया टुन्नी मिसिर भर-भर आँख लोर लिये बिसूरे और पप्पू सिंह ने धीरज के साथ मोर्चाबन्दी की और राह निकालने के प्रयास किए। टुन्नी मिसिर के पिता पंडित माधवबिहारी मिसिर व्यास थे। रामचरितमानस और भागवत की कथा बाँचते। पप्पू सिंह के पिता रामधियान सिंह गाँव-जवार के मुक़दमों की पैरवी के अनुभवी खिलाड़ी थे। ज़िला कचहरी के नामी-गिरामी वकीलों-मुख़्तारों में उनकी पैठ थी।

टुनिया-पपुआ की जोड़ी गाँव-जवार में प्रसिद्ध थी। दोनों ने यह प्रसिद्धि सुवंती के कारण अर्जित की थी। जब तक मामला गाँव के हाईस्कूल का था, बात गाँव में थी। पर जब सीवान के इस्लामिया कालेज में दाख़िला हुआ, बात पूरे जवार में फैल गई। रामधियान सिंह चाहते थे कि उनके दुलरुवा अब घर-गृहस्थी देखें और उनका राज-पाट सम्भालें, पर पप्पू सिंह इसके लिए तैयार नहीं थे। रामधियान सिंह ने पारम्परिक हथियार का उपयोग करते हुए बेटे का विवाह तय कर दिया। पप्पू पहले तो बहुत छटपटाए और अन्न-जल त्यागने का नाटक किया। बाप से आँखें मिलाने या ज़ुबान लड़ाने की औकात थी नहीं, सो एक घुड़की में राह पकड़ ली। कारी के बथान पर जगत कानू से गाँजा का चिलम लहकाने के प्रशिक्षण के

दौरान पकड़े गए और बिना मुक़ाबला किए चित हो गए। रामधियान सिंह बोले—"चलो बबुआ,...तुम्हारी सज़ा पहले ही हम मुकर्रर कर दिए हैं। अगर गाँव-जवार में बात पसर गई कि गँजेड़ी हो, तो कौनो राजपूत बेटी न देगा। औरत कीन-बेसाह कर हाड़े हरदी चढ़वाना पड़ेगा। अब बेहुरमती बन्द करो...चलो।"

पप्पू सिंह बाप के जूतों की ताब से परिचित थे, सो बिना हील-हुज्जत सिर झुकाए चल दिए। रामधियान सिंह ने जगत को लहकती आँखों का निशाना बनाया और बोले—"जगतवा, तुमसे तो हम बाद में निपटेंगे।...साले, चुप्पा-हत्यारा माफिक मूड़ी गोत के बैठे-बैठे हमारे घर में आग लगा रहा है...अपनी खेती-बारी तो सब चिलम में लहका दिया और अब...।" कारी की ओर मुख़ातिब हुए। कारी अपनी जाति के पंचायत के सरगना थे। भेड़िहरों का गाँव ही नहीं पूरे जवार में बड़ा संगठन था। वह कारी की ताक़त और बदले हुए समय का मिज़ाज जानते थे, सो अपेक्षाकृत नरम आवाज़ में बोले—"का हो कारी भाई,...मरदे! तुमहूँ आँख मूँद के बैठे रहते हो... ?" और कारी के जवाब की प्रतीक्षा किए बिना चले गए।

पप्पू सिंह टाटा सूमो पर सवार होकर गए और तिलौथा के मुखिया रामपूजन सिंह की बेटी ब्युटी सिंह को ब्याहकर ले आए। साथ में हीरो होंडा भी आया। टुन्नी मिसिर चलाकर ले आए थे।

पप्पू सिंह के विवाह के बाद टुन्नी मिसिर के विवाह की क़वायद शुरू हुई, पर पंडित माधवबिहारी मिसिर ने ग्रहों-नक्षत्रों का हवाला देते हुए इस प्रसंग पर विराम लगा दिया। टुन्नी की कुंडली में तीन सालों के लिए योग नहीं बन रहा था। बाल-बाल बचे टुन्नी मिसिर। इस चर्चा पर विराम लगने तक सुवंती ने बिना किसी को बताए गौरी पूजन किया। व्रत-उपवास किया। जब यह तय हो गया कि टुन्नी के विवाह का प्रसंग स्थगित हो गया तब सुवंती ने चैन की साँस ली। इस बीच फुद्दन मियाँ की बड़ी पतोहू उसका सहारा बनी रही। वह उम्र में लगभग पन्द्रह साल बड़ी और काफ़ी अनुभवी थी। अपने मायके में अपना प्रेमी छोड़कर ससुराल आई थी। हर संकट में वह सुवंती को अपने अनुभवों की पिटारी से नुस्ख़े निकालकर सलाह देती।

टुन्नी, पप्पू और सुवंती ने साथ-साथ मैट्रिक पास किया था। पप्पू जैसे-तैसे फलाँग गए थे। टुन्नी फ़र्स्ट डिविज़न से निकले थे और सुवंती विज्ञान के विषयों में जैसे-तैसे, पर आर्ट के विषयों में अच्छे नम्बरों से पास हुई थी। न चाहते हुए भी पप्पू सिंह के पिता को उनका नाम कॉलेज में लिखवाना पड़ा क्योंकि दहेज़ में अच्छी रकम के लिए यह आवश्यक था। टुन्नी की पढ़ाई में रुचि और तेजस्विता ने उनके पिता को विवश किया कि अपने आर्थिक संकटों की अनदेखी करके वह बेटे का नाम कॉलेज में दर्ज़ कराएँ। तीनों में केवल सुवंती की आगे की पढ़ाई तय थी।

गाँव के उजड़ चुके हेल्थ सेन्टर की मिडवाइफ़ श्रीमती माधुरी देवी हर हाल में अपनी बेटी को शिक्षित बनाने के लिए उत्सुक थीं। वह चाहती थीं कि उनकी बेटी डॉक्टर बने।

माधुरी देवी जब इस गाँव के नवस्थापित हेल्थ सेन्टर में अपनी नवजात बेटी के साथ मिडवाइफ़ के रूप में नौकरी ज्वाइन करने आईं, तब उन्होंने सोचा भी नहीं था कि वह यहीं की होकर रह जाएँगी। माधुरी देवी के आने के कुछ ही महीनों बाद बंगालिन नर्स झरना सरकार ने सीवान के ज़िला अस्पताल में अपना तबादला करवा लिया था। उन्होंने ही माधुरी देवी की बेटी का नामकरण किया था—सुवंती। जाते-जाते सलाह देती गईं कि जितनी जल्दी हो सके यहाँ से तबादला करवा लो और डॉ. पीसी से बच के रहना। डॉ. पीसी यानी डॉ. प्रकाश चन्द्र सिन्हा। डॉ. पीसी पटना में रहते थे। सप्ताह में एक दिन आते। सुबह पटना से चलते और दोपहर तक गाँव में प्रकट होते। हेल्थ सेन्टर पहुँचने से पहले रामबरन यादव मुखिया के द्वार पर हाज़िरी लगाते और भोजन करते। दूसरे दिन की सुबह पटना वापस चले जाते। एवज़ में हेल्थ सेन्टर की दवा बेचकर मुखिया को उसका हिस्सा सौंपते। शुरू-शुरू में डॉ. पीसी जिस दिन सेन्टर पर रहते माधुरी देवी थर-थर काँपतीं। जब रोब-दाब से बात नहीं बनी लार टपकाते हुए हें-हें करने लगे डॉ. पीसी। एक दिन प्रणय निवेदन करते हुए उन्होंने माधुरी से कहा—''देवीजी, जब से आप सेन्टर ज्वाइन की हैं, पटना में मन ही नहीं लगता। यहाँ रहने का कोई इंतज़ाम ही नहीं है। होता तो हफ़्ता-दस दिन पर पटना जाते।...अगर आप कहें तो आपके घर ही डेरा डाल दें...।''

''हमारा घर धर्मशाला नहीं है और न तो प्लेटफार्म है।'' माधुरी देवी अपनी थरथराहट पर विजय पा चुकी थीं। टके-सा जवाब दे तमक कर उठीं माधुरी और दनदनाती हुई बाहर निकल गईं। बस भरम टूटने भर की देर थी।

डॉ. पीसी ने तेज़ आवाज़ में कहा—''कल सीविल सर्जन साहेब आ रहे हैं। पहला काम तुम्हारा सस्पेंशन करवाएँगे।''

अपनी धमकी की प्रतिक्रिया की प्रतीक्षा करते डॉ. पीसी के मुँह पर ब्रह्मास्त्र गिरा, तो वह अचकचा उठे। उनकी धमकी सुनते ही माधुरी देवी लौटीं और उन्होंने दरवाज़े के पास से ही चप्पल फेंककर उन्हें ध्वस्त कर दिया। डॉ. पीसी कुछ समझें-बूझें कि रणचंडी का रूप धारण किए माधुरी उनके सामने थीं। उनकी ज़ुल्फ़ें माधुरी की बाईं मुट्ठी में थीं। दाएँ हाथ से लगातार चप्पलें बरसाती माधुरी का अजस्र नाद गूँज रहा था। देखते-देखते भीड़ लग गई। बड़ी मुश्किलों से लोगों ने माधुरी देवी पर नियंत्रण क़ायम किया। डॉ. पीसी बिना रुके उसी साँझ पटना के लिए रवाना हो गए। माधुरी फुफकारती हुई अपने घर गईं।

उनका घर ढहते हुए एक विशाल मकान की दो साबुत बची कोठरियों और आँगन वाला घर था। यह घर कायस्थ टोले में था। हरपुर के कायस्थों के सारे परिवार शहरों में बस चुके थे। खेती-बारी बिक चुकी थी। बस ढह चुके मकानों की डीह या कुछ ढहते हुए मकान बचे थे। ऐसे ही एक मकान में माधुरी देवी का आशियाना था। अपनी बिरादरी की औरत जानकर सीवान जा बसे वकील त्रिभुवन लाल ने उन्हें मुफ़्त में रहने की अनुमति दे दी थी। बाहर की औरत थी, सो मकान कब्ज़ा होने का ख़तरा नहीं था और दूसरा यह लालच कि आदमी का वास रहेगा तो जितना बचा है उसकी देखरेख और साफ़-सफ़ाई होती रहेगी।

डॉ. पीसी बहुत दिनों तक नहीं लौटे। जब लौटे, तबादले और रिलीविंग का आदेश लिये। डॉ. पीसी को हरपुर गाँव के हेल्थ सेन्टर के पहले और अन्तिम डॉक्टर होने का गौरव प्राप्त हुआ। उनके जाने के बाद कोई नहीं आया। इस घटना पर हरपुर में मिली-जुली प्रतिक्रिया हुई। इस घटना से पहले माधुरी देवी को लेकर होनेवाली तमाम चर्चाओं का रूप बदल गया और इन चर्चाओं के पक्ष-विपक्ष भी बदल गए। माधुरी के पति को लेकर अर्से तक गाँव के पास कोई ठोस सूचना नहीं थी। कुछ लोग उन्हें सधवा का ढोंग करनवाली विधवा बताते, पर साज-सिंगार में कोई कमी न पाकर कुछ लोग इससे सहमत नहीं थे। कुछ तलाकशुदा बताते, तो कुछ ख़राब चाल-चलन के चलते घर से निष्कासित...। पर इस घटना ने यह तो साबित कर दिया कि माधुरी देवी हवा-मिठाई का गोला नहीं हैं कि जो चाहे मुँह में दाब ले। गाँव की औरतों के बीच उनका मान और भरोसा बढ़ गया। करुणा और हुनर का मणिकांचन संयोग पहले से ही था और अब यह साहस सोने में सुहागा साबित हुआ। गाँव को माधुरी देवी के हवाले कर सरकार भी चादर तानकर सो गई। हेल्थ सेन्टर की दीवारों से रेत भरभराने लगी। बिना नींव की दीवारें हिलीं, तो छत गिरी। फिर खिड़कियों-दरवाज़ों का काठ सड़ा और लोग माघ के पाले में फूँक-ताप गए। सिविल सर्जन साहब के ऑफिस से माधुरी देवी को वेतन मिलना बन्द हो गया। सिविल सर्जन के अनुसार यह सेन्टर 'मृत घोषित' हो चुका था क्योंकि, डब्ल्यू. एच. ओ. की जिस योजना में यह सेन्टर खुला था, वह बन्द हो चुकी थी। पर माधुरी देवी ने हरपुर नहीं छोड़ा। हरपुर ही नहीं आसपास के गाँवों की विवाहिताओं के प्रसव और क्वाँरियों के गर्भपात का दायित्व उनके कंधों पर आ पड़ा था। वह अपना दायित्व सम्भालने में प्राणपण से जुट गईं। देखते-देखते माधुरी देवी हरपुर में 'प्रभुजी तुम चन्दन हम पानी' की तरह घुल-मिल गईं। उन्होंने एक दिन सीवान जाकर मरणासन्न वकील त्रिभुवन लाल के पाँव पकड़कर करुण-क्रन्दन किया। आँचल पसार बोलीं—"बेसहारा मानकर आश्रय दिए...अब बेटी मानकर बसा दीजिए।" ज़िन्दगी भर कचहरी में मुव्वकिलों का रक्त पीकर अतृप्त

रहनेवाले वकील साहब ने पच्चीस हज़ार रुपए में ज़मीन के काग़ज़ पर हस्ताक्षर कर, मृत्यु से पहले एक बेसहारा को बसाने के पुण्य से अपनी आत्मा को तृप्त किया। हरपुर की स्थायी नागरिकता ने माधुरी देवी की सामाजिक हैसियत को ताक़तवर बनाया। काँख में दाबे अपनी जिस नवजात बेटी को लेकर वह सालों पहले इस गाँव में आई थीं, आज उसकी जवानी, ख़ूबसूरती और हुनर से पूरे जवार में अँजोर हो रहा था।

सुवंती और टुन्नी मिसिर के प्रणय का बीज कारी के बथान में ही अंकुरित हुआ था। लोअर प्राइमरी स्कूल, मिडिल स्कूल और हाई स्कूल—तीनों के रास्ते कारी के बथान से होकर ही गुज़रते थे। स्कूल आते-जाते बच्चों का हुजूम कारी के बथान पर डेरा डालता। कारी ख़ुद ढेंकुल से पानी खींच-खींच कर बच्चों की तृषा बुझाते। बथान के पीछे था इमली का विशाल पेड़ और थीं करजीरी की जंगली झाड़ियाँ। लोअर स्कूल में शिक्षारम्भ के समय यहीं इमली की फलियाँ देकर टुन्नी मिसिर ने सुवंती को अपनी सखी चुना था। और बदले में सुवंती ने करजीरी के लाल-काले दानों की माला टुन्नी मिसिर को दी थी। बड़ी मुश्किलों, पर बड़ी जतन से यह माला तैयार हुई थी। वह करजीरी के पके दाने चुनकर घर ले गई। माँ के सिलाई बाक्स से सूई-धागा चुराया। अपनी अँगुलियों को लहूलुहान कर माला गूँथी। रामलगन ने भी टुन्नी, पप्पू और सुवंती के साथ स्कूल जाना शुरू किया था, पर यह सिलसिला जल्दी ही टूट गया। एक तो भेड़ों की चरवाही से उन्हें अवकाश नहीं मिलता था और दूसरे रामलगन पढ़-लिखकर अपनी ज़िन्दगी को साँसत में नहीं डालना चाहते थे। बस किसी तरह काग़ज़ बाँचना सीखकर उन्होंने अपनी शिक्षा पर विराम लगा दिया। टुन्नी, सुवंती और पप्पू स्कूल आते-जाते रहे। रामलगन भीतरवाली कोठरी में सुवंती और टुन्नी को आश्रय देते और बाहर पप्पू के साथ बैठकर गपियाते। पप्पू उन्हें सिनेमा के क़िस्से सुनाते। रामलगन मन ही मन सोचते कि सुवंतिया अगर सिनेमा में चली जाए तो धूम मचा देगी। देखते-देखते हरपुर गाँव का नाम हो जाएगा। पहिन-ओढ़ कर जब नाचेगी, गरदा उड़ जाएगा।...फिर उनके मन में सवाल उठते, तब टुन्नी का क्या होगा? रामलगन पप्पू से डरते थे, पर टुन्नी मिसिर से प्यार करते थे।

सीवान के इस्लामिया कॉलेज में दाख़िला लेने के बाद तीनों ने हरपुर से अठारह किलोमीटर की यात्रा शुरू की। कॉलेज में दाख़िला लेनेवाले गाँव के सारे लड़के अपनी सायकिलों से हसनपुरा तक की कच्ची राह तय करते। सायकिल हसनपुरा बाज़ार में परिचितों के यहाँ टिकाते और बस पर सवार हो शेष बारह किलोमीटर की यात्रा पूरी करते। केवल पप्पू सिंह और टुन्नी मिसिर हीरो होन्डा पर सवार हो कॉलेज जाते। गाँव से कॉलेज के लिए निकलने वाले विद्यार्थियों के झुंड

में सुवंती अकेली लड़की थी। वह सायकिल से हसनपुरा पहुँचती तो थी पर अक्सरहाँ उसकी बस छूट जाती और पप्पू सिंह की सवारी का उपयोग करना पड़ता। तीनों एक साथ सिवान आते-जाते। ऐसा भी होता कि पप्पू किसी काम के बहाने हसनपुरा ही रुक जाते और उनकी मोटरसायकिल ले टुन्नी और सुवंती ज्ञानार्जन के लिए निकलते। आने-जाने और पठन-पाठन की इस प्रक्रिया में प्रचुर मात्रा में ख़बरों का उत्पादन होता। ये ख़बरें सहपाठियों के माध्यम से गाँव-जवार में फैलतीं। लोग इन ख़बरों को चुभलाते, रस चूसते और अपने काम में लगे रहते। इससे न तो गाँव के पर्यावरण पर कोई ख़ास असर पड़ता और न ही सुवंती और टुन्नी पर। पप्पू तो उस प्रेरक रसायन की तरह थे जो स्वयं नहीं बदलता पर अन्य रसायनों को क्रियाशील कर देता है। उनके पिता रामधियान सिंह आश्वस्त थे कि विवाहित पूत कितना खिलवाड़ करेगा! माधुरी देवी दम साधकर सब सुनतीं। वह अपने जीवन में आनेवाले किसी शुभ क्षण की धीरज के साथ प्रतीक्षा कर रही थीं। पंडित माधवबिहारी मिसिर के कानों तक बात पहुँचती। वह दोनों हाथ जोड़कर प्रभु का स्मरण करते हुए अपनी सारी चिन्ताएँ उन्हें सौंपकर बुदबुदा उठते—"मो सम दीन न दीन हित तुम्ह समान रघुवीर। अस बिसारि रघुबंस मनि हरहु बिशम भव पीर।"

इन्टरमीडिएट का परीक्षाफल आया। पप्पू सिंह लटक गए। सुवंती मध्यम मार्ग से निकली। टुन्नी मिसिर अच्छे नम्बरों से पास हुए। लोगों को उम्मीद नहीं थी कि इस बार उन्हें अच्छे नम्बर आएँगे। फुद्दन अक्सर पप्पू सिंह की अनुपस्थिति में सुबरन साह की दुकान पर या किशुनदेव की पान की गुमटी के सामने अपनी पेशबीनी का डंका बजाते हुए कहते—"अबकी सुवंतिया के जाल में अझुराकर डूबेंगे बबुआ। गाँठ बान्ह के धर लो हमरी बात!...बाप रात-रात भर जागकर, जजमनिका से पाई-पाई अरज कर ख़र्चा जुटा रहे हैं और बबुआ मजनूँगिरी कर रहे हैं।"

पप्पू सिंह को अपने फेल होने का ग़म नहीं था। उन्हें अपने यार के पास होने की ख़ुशी थी। वह फुद्दन को खोजते रहे, पर फुद्दन लोप हो गए। फुद्दन जानते थे, पपुआ छोड़ेगा नहीं। बीच बाज़ार में कुबोल बोलेगा और लुंगी खोल देगा।

माधुरी देवी बेटी को साथ लेकर पटना गईं। वह हर क़ीमत पर अपने सपने को साकार होता देखना चाह रही थीं। लाख ना-नुकर किया सुवंती ने, पर वह मानी नहीं। उनकी आँखों के सामने बार-बार एप्रिन पहने, गले में स्टेथस्कोप लटकाए सुवंती का चेहरा झिलमिल करने लगता। मेडिकल प्रवेश परीक्षा की तैयारी करवाने वाले इंस्टिट्यूट में सुवंती का दाख़िला हुआ। वहीं, पास में ही एक गर्ल्स हॉस्टल में सुवंती के रहने की व्यवस्था हुई।

सुवंती के पटना में स्थापित होने के महीने भर बाद टुन्नी मिसिर उर्फ त्रिपुरारी मिश्र पटना पहुँचे। सात दिनों के उपवास के बाद जब उनकी आवाज़ डूबने लगी, उनकी माता ने दोनों मुट्ठियों से अपना कलेजा कूट-कूटकर पंडित माधवबिहारी मिसिर को कोसना शुरू किया। पंडितजी की भई गति साँप छछूँदर वाली स्थिति थी। न उगल पा रहे थे और न ही निगला जा रहा था। एक ओर पुश्तैनी ज़मीन का अन्तिम टुकड़ा था, तो दूसरी ओर जवान बेटा। हालाँकि टुन्नी बबुआ का चाल-चलन भाँपकर वह आश्वस्त थे कि भविष्य में नैराश्य ही उनके हाथ लगेगा। बबुआ अगर पढ़-लिखकर कुछ बन भी गए, तो उनके काम नहीं आनेवाले। मरने के बाद मुखाग्नि दे दें, यही बहुत है।...उनका मन उन पुस्तकों की कथाओं, दोहों-चौपाइयों और देवी-देवताओं में भटकता रहा, जिन्हें बाँचकर अब तक वह जीविका चलाते रहे थे। उन्हें कहीं सहारा नहीं मिला। उनके ओठ काँपे,...'होई सोई जे राम रचि राखा' और उन्होंने उच्छ्वास भरते हुए निर्णय लिया। कलेजा कड़ा करके ज़मीन के इकलौते टुकड़े को कारी भेड़िहर के नाम रजिस्ट्री कर आए। यह सौदा रामलगन के माध्यम से सम्पन्न हुआ। कारी पचास से ऊपर चढ़ने को तैयार नहीं थे। जानते थे कि यही अवसर है जब पंडितजी को दाबा जा सकता है, सो वह दाबने के चक्कर में थे। पर रामलगन ने बाप को समझाया कि अगर पंडितजी मुखिया रामबरन यादव या रामधियान सिंह के पाले में चले गए तो उपजाऊ ज़मीन हाथ से खिसक जाएगी। मामला सत्तर में तय हुआ। पंडित माधवबिहारी मिसिर ने टुन्नी को सत्तर हज़ार देकर विदा किया। टुन्नी मिसिर अपनी माता का आशीष लेकर पप्पू सिंह के साथ विदा हुए। पहले तय हुआ था कि पप्पू दुरौंधा स्टेशन तक मोटरसायकिल से पहुँचाएँगे और टुन्नी इन्टरसिटी एक्सप्रेस पर सवार होकर पटना के लिए प्रस्थान करेंगे। पर बाद में कार्यक्रम में फेर-बदल हुआ। तय हुआ कि पप्पू पटना जाकर टुन्नी को सेटल करने के बाद गाँव लौटेंगे।

टुन्नी पटना पहुँचे। इंजीनियरिंग परीक्षा की तैयारी के लिए कोचिंग इंस्टिट्यूट में दाख़िला लिया और पहलवान लॉज में सेटल हो गए। पप्पू ने अपने दोस्त को मोबाइल फ़ोन उपहार में दिया और सुवंती से सम्पर्क करवाने के बाद अपनी पत्नी श्रीमती ब्युटी सिंह के लिए नाइट-गाउन ख़रीदकर वापस लौटे।

वर्ष बीता। इस बीते हुए वर्ष में बहुत कुछ हुआ। कई उलट-फेर हुए। बहुत सारी बातें एक-दूसरे में उलझती-सुलझती रहीं। टुन्नी मिसिर अपना भोजन स्वयं पकाते थे। हालाँकि इसके लिए वह अपनी पढ़ाई के बहुमूल्य समय की बलि देते। पर दूसरा कोई उपाय नहीं था। मेस का भोजन महँगा ही नहीं बेस्वाद भी था। वह बीच-बीच में गाँव जाते। उनकी माता जजमनिका से प्राप्त अन्न बटोरकर रखतीं। महीने भर का राशन लेकर लौटते। कोचिंग इंस्टिट्यूट का पहला महीना तो तौर-

तरीक़ा और शहर को ही समझने-बूझने में सरक गया। पहले की पढ़ाई और इस पढ़ाई में बहुत फ़र्क़ था। अंग्रेज़ी पिशाच की तरह सता रही थी। इसके अलावा और भी समस्याएँ थीं, जिनसे जूझने में समय निकल जाता था। जब क़िताब-कॉपी खोलते, सुवंती की सूरत आँखों के सामने नाचने लगती।

शुरू में तो पप्पू सिंह हाल-समाचार लेने-देने दो-तीन बार पटना आए, पर उनका आना-जाना भी लगभग बन्द हो गया। उनकी निजी व्यस्तता बढ़ गई थी। श्रीमती ब्युटी सिंह को बेटी हुई तो, तो पिता रामधियान सिंह ने पप्पू को बुलाकर कहा—"बबुआ, अब तो चेतो। पढ़ना-लिखना तो जो भाग्य में लिखा था, सो कर लिये । हम तो पहले से तैयार बैठे थे कि तुम फेल होकर गाँव-जवार और नातेदारी-रिश्तेदारी में मेरी नाक कटवाओगे।...अब बदलो अपना रास्ता,...एक बेटी के बाप हुए। आज के जमाने में बेटी के जिस बाप की गाँठ ढीली होती है, उसकी पगड़ी उतरते देर नहीं लगती। समझे?...दू-चार पइसा कमाने का जुगाड़ करो। अपने साला सब को देखो, ठेकेदारी में पूरे जवार में कोई मुकाबला नहीं है। नोट की ढेरी लगा दिया है सब।...हम तुमको साँझ-सवेरे नहीं टोकेंगे। एक बार बोल दिए...सम्भल जाओ बबुआ...।"

रामधियान सिंह के इस प्रवचन के बाद बिना समय गँवाए पप्पू सिंह चेत गए। अपने सालों के साथ मिलकर काम शुरू किया। बस मोबाइल फ़ोन सहारा था। टुन्नी मिस कॉल मारते और पप्पू इधर से कॉल करते।

अपनी इच्छा के विपरीत सुवंती मेडिकल प्रवेश-परीक्षा की तैयारी में जुटी थी। शुरुआती दिनों में ही वह समझ गई कि यह उसके वश का नहीं और उसने मन ही मन यह निर्णय लिया कि वह माधुरी देवी की लालसाओं की बलि नहीं चढ़ेगी। इस निर्णय के बावजूद उसे परीक्षा की तैयारी और परीक्षा देने का नाटक करना था, सो वह सफलता के साथ करती रही। उसके मन की उथल-पुथल को न तो माधुरी देवी भाँप सकीं और न ही टुन्नी मिसिर। पटना आकर भी टुन्नी मिसिर अपने गाँव हरपुर की परिधि में ही घिरे हुए थे जबकि, सुवंती ने जस का तस धर दीनी चदरिया की तरह हरपुर की माया को उतार फेंका था। वह पुनर्नवा हो चुकी थी। हरपुर को उसने अपने भीतर उतना ही जीवित रखा था कि वह बाधा न बने। हरपुर में उसकी माँ माधुरी देवी थीं, इसलिए हरपुर था। हरपुर में उसका बचपन था, इसलिए हरपुर था। शेष को उसने सहेजकर किसी अदृश्य पिटारी में बन्द कर दिया था। वह अपने नए जीवन के द्वार की साँकल बजा रही थी। अदृश्य पिटारी में बन्द शेष में टुन्नी प्रमुख थे। उसने धीरे-धीरे टुन्नी से अपने रिश्ते को गड्ड-मड्ड किया। पहले पढ़ाई का बहाना बनाकर टुन्नी मिसिर के मिस कॉल का जवाब देना बन्द किया। टुन्नी मिस कॉल से कॉल पर पहुँचे, तो दो-चार घंटी के बाद मोबाइल ऑफ होने

लगा। एसएमएस के जवाब भी नदारद। टुन्नी हॉस्टल आते, तो गार्ड सुवंती की अनुपस्थिति की सूचना देता। मुँह बिसूरते जब वह अपने लॉज पहुँचते, सुवंती का कॉल आता। सुवंती के हॉस्टल और टुन्नी के लॉज में काफ़ी दूरी थी। दोनों शहर के दो छोरों पर थे। अपनी तैयारी छोड़कर टुन्नी सुवंती के अबूझ व्यवहार में उलझे रहते। टुन्नी को इसकी भनक तक नहीं लगी कि सुवंती कौन सी लीला रच रही है! मोबाइल पर टुन्नी का दुखड़ा सुन-सुनकर उकता चुके पप्पू सिंह एक बार सुवंती से मिलने पटना पहुँचे। सुवंती ने मामला ही पलट दिया। बोली—"पढ़ना-लिखना त्यागकर चौबीसों घंटे मेरे पीछे घूमेंगे, तो दोनों में से कोई भी हरपुर में मुँह दिखाने लायक़ नहीं बचेगा। तुम तो समझदार हो, समझो...। यहाँ आए हैं, तो कुछ न कुछ बनना ही होगा। बाप से जबरन खेत बेचवाकर पैसा लेकर पटना में मटरगश्ती करने आए हों, तो बात अलग है।"

सुवंती की बात में दम था, सो पप्पू की बोलती बन्द हो गई। उन्होंने अपने यार टुन्नी मिसिर की लानत-मलामत की और अपनी नवजात बेटी के लिए खिलौने और ब्युटी सिंह के लिए सौन्दर्य-प्रसाधन ख़रीदकर उल्टे पाँव भागे।

इस बीच हरपुर में किसी को कानों-कान ख़बर नहीं लगी और सुवंती ने भोजपुरी गानों के दो विडियो अलबम में अभिनय किया। वह एक नाटक का रिहर्सल करने भी गई थी, पर वहाँ उसका मन नहीं लगा और सप्ताह भर बाद ही उसने जाना बन्द कर दिया। सुवंती ने मेडिकल प्रवेश परीक्षा के इस तैयारी-काल का अपनी नई दुनिया में प्रवेश के तैयारी-काल के रूप में उपयोग किया। अपने लिए नई-नई सोहबतें अर्जित करती हुई सुवंती परीक्षा के नाटक में शामिल हुई। उधर सुवंती के इश्क़ में लगभग ख़ब्तुल हवास हो चुके टुन्नी मिसिर उर्फ़ त्रिपुरारी मिश्र ने भी परीक्षा दी। परिणाम आशानुरूप ही आए। दोनों का नाम प्रतीक्षा-सूची में भी ढूँढ़े नहीं मिला।

परीक्षा-फल की सूचना गाँव पहुँची तो भाँति-भाँति के विचार और बोल-कुबोल सामने आए। टुन्नी की माताजी ने अपने स्वभाव के अनुरूप अपना कलेजा कूट-कूटकर विलाप किया और पानी पी-पीकर सुवंतिया को कोसा। माधुरी देवी का नाम ले-लेकर अपनी कर्कश जिह्वा से गालियों के अग्निवाण चलाती रहीं—"हमरे बबुआ की जिनगी बरबाद कर दी कसबिनिया...अपने तो रंडी-पतुरिया है ही, बेटी को भी बना दी...।"

पप्पू मौन हो गए। एक तो ठेकेदारी के धंधे का तनाव और दूसरे पिता के व्यंग्य-वाणों का भय। बस एकांत में पत्नी ब्युटी सिंह से इतना ही कहा—"टुनिया तो हमरी नाक कटवा दिया।...पगलेट है...कहीं फँसरी लगाकर जान मत दे दे। सोचते हैं पटना हो आएँ एक बार...।"

रामलगन भी टुन्नी की असफलता से दुखी और स्वभावत: चुप थे। फुद्दन मियाँ और जगत कानू सहित सारा गाँव टुन्नी और सुवंती की असफलता, चरित्र और भविष्य के विश्लेषण में लगा हुआ था।

टुन्नी कुछ सम्भले। गाँव लौट नहीं सकते थे। उन्होंने ट्यूशन पढ़ाना शुरू किया और ओपन यूनिवर्सिटी में बीसीए में दाख़िला लिया। माधुरी देवी पटना पहुँचीं। सुवंती ने दो-टूक शब्दों में माधुरी देवी को सूचित किया कि डॉक्टर बनने में उसकी ज़रा भी रुचि नहीं और अब वह मेडिकल में दाख़िले के लिए कोई तैयारी नहीं करने जा रही। उसने भविष्य की अपनी योजना को उजागर किया। बताया कि वह फ़ैशन टेक्नोलॉजी के कोर्स में दाख़िला लेगी। माधुरी देवी की बेटी उनके सपनों के मलबे पर खड़ी थी। बेटी का सिंहनाद सुनने के बाद उन्होंने सिर झुका लिया। सुवंती की बात मान लेने के सिवा उनके पास कोई राह नहीं बची थी। सुवंती उनकी पकड़ से बाहर जा चुकी थी। वह जिस सुवंती के लिए अपनी ज़िन्दगी के तमाम हाहाकारों से जूझती रही थीं, उसे खोने का भय उनकी रीढ़ में घुसकर उन्हें कँपकँपा रहा था। हाल ही में खुले फ़ैशन टेक्नोलॉजी के एक निजी संस्थान में एक मोटी रकम देकर उन्होंने सुवंती का नाम लिखवा दिया और अपनी देह घसीटते हुए हरपुर लौटीं।

अब हरपुर की आबोहवा उन्हें रास नहीं आ रही थी। वृक्ष से गिरे पत्ते की मानिन्द ज़िन्दगी की तेज़ आँधी में जब वह बेसहारा भटक रही थीं, इसी हरपुर ने उन्हें ठौर-ठिकाना और जीने का साहस दिया था। पर अब यही हरपुर उन्हें अपने नखों-दाँतों से नोचने के लिए पिशाच की तरह नाच रहा था। रात को भयावह सपने आते। जिन स्मृतियों पर वह सालों पहले मिट्टी डाल चुकी थीं, वे सपनों में कौंधतीं।...बेटी जनमने के बाद सास-श्वसुर की गालियाँ और पति के घृणा भरे व्यंग्य-वाण।...कुछ ही महीने बाद पति के दूसरे विवाह की तैयारी और उन्हें घर से निकालने के लिए ससुराल में रची गईं दुरभिसंधियाँ,...बात-बेबात मारपीट और बेटी को नून चटाकर मार डालने के प्रयास।...बड़ी मुश्किलों से वह अपनी और बेटी की जान बचाकर भागी थीं। उनकी विधवा माँ मुंगेर के ज़िला अस्पताल में नर्स थीं। माँ का साथ भी भाग्य में नहीं लिखा था, सो वह बिना किसी बीमारी के एक रात स्वर्ग सिधार गईं। सहानुभूति के आधार पर माधुरी देवी को मिडवाइफ़ की नौकरी मिली और मुंगेर से कोसों दूर सीवान के इस गाँव में पोस्टिंग हुई।...माधुरी देवी सुवंती के भविष्य और अपनी शेष ज़िन्दगी के बारे में कुछ भी नहीं सोच पा रही थीं। अन्तत: उन्होंने सब कुछ समय और भाग्य के हवाले कर दिया, जैसे कोई अपने को विवश होकर नदी की धारा के हवाले कर दे।

हरपुर कुछ दिनों तक सुवंती और टुन्नी के भविष्य को लेकर चिन्तित रहा और फिर सहज भाव से अपने-आप में मगन हो गया। पप्पू सिंह की उदासीनता की इसमें बहुत बड़ी भूमिका थी। हालाँकि पप्पू भीतर ही भीतर टुन्नी मिसिर के वर्तमान को लेकर दुखी और भविष्य को लेकर चिन्तित थे। पर वह अपना दुःख और अपनी चिन्ता सार्वजनिक रूप से प्रकट नहीं करते थे। कभी-कभार अपने शयन-कक्ष में पत्नी ब्युटी सिंह के सामने ज़रूर अपना मन खोलते। ब्युटी बिना किसी टीका-टिप्पणी के उनकी बातें सुन लेतीं और निःशब्द प्रतिक्रिया देती हुई कभी उनकी हथेली अपनी हथेलियों में भर लेतीं या अपनी हथेली से उनका सिर सहला देतीं, या अपनी बड़ी-बड़ी आँखों में नेह भरकर उन्हें निहारतीं।

टुन्नी मिसिर ने बीसीए में दाखिला तो ले लिया था, पर पढ़ नहीं पा रहे थे। एक तो बिना किसी सहारे के पटना में रहने और पढ़ाई के ख़र्च का जुगाड़ और दूसरे सुवंती की दी हुई चोट। अधर में लटककर रह गई थी उनकी ज़िन्दगी। सारी-सारी रात जागते। लगता, किसी ने कलेजा छीलकर नून मल दिया हो। आँधी-बयार की तरह सुवंती के साथ बीते दिनों की यादें उड़ती हुई आतीं और उनके दिमाग़ में भर जातीं। न इस करवट नींद आती न उस करवट। न सोया जाता और न बैठ ही पाते। कई बार तो बुक्का फाड़कर रोना-बिलखना चाहते, पर मुँह से आवाज़ ही नहीं निकलती। हाँ, आँखों से लोर ज़रूर बहता। जब आँखें बहतीं, थोड़ा सुकून मिलता।

सुवंती का जीवन व्यस्त हो चला था। पल-छिन की फ़ुर्सत नहीं थी। सुबह से शाम तक भाग-दौड़। फ़ैशन की पढ़ाई और फ़ैशन की दुनिया के अन्दाज़ ही अलग थे। उसे अपने को नख से शिख तक बदलना पड़ा था। वैसे दाख़िला लेने के पहले ही उसने अपने को बदलना शुरू कर दिया था और पटना आते ही इसके लिए अपने को मानसिक रूप से तैयार करने लगी थी। और उसकी इसी तैयारी के पहले शिकार बने थे उसके बालसखा और प्रेमी टुन्नी मिसिर।

फ़ैशन की पढ़ाई ने सुवंती की तृषा जगा दी थी। इस तृषा ने सुवंती का कायांतरण शुरू किया। वह रोज़ सुबह-शाम जिम जाती। नियंत्रित खानपान और रहन-सहन के नए सलीके। अपनी देह के अंग-अंग पर वह नज़र रखती। पाँवों-बाँहों का सुडौलपन,...छाती के उभारों का कसाव,...कूल्हों के कटाव और चेहरे की आभा सहेजती-सँवारती सुवंती ने अपनी माँ माधुरी देवी तक को बिसार दिया था। बेहद औपचारिक अन्दाज़ में मोबाइल पर कुशलता की सूचना देने-लेने और पैसे की माँग के सिवा और कोई संवाद माँ-बेटी के बीच नहीं होता था। उसे भरोसा था कि मिस पटना का आयरन गेट तोड़ने के बाद सब सामान्य हो जाएगा। और माधुरी देवी अपने सपनों के जिन खँडहरों में उदास बैठी थीं, सुवंती उन्हें उन

खँडहरों से बाहर निकाल लेगी और अपने सपनों की चकाचौंध से एक दिन उनकी ज़िन्दगी में चमक भर देगी। इसके बाद के रास्ते अपने-आप खुलेंगे। अब पटना बहुत छोटा और पिछड़ा हुआ शहर नहीं रहा। कोई न कोई प्रायोजक मिल ही जाएगा। बस यह आयरन गेट तो पहले टूटे! फिर आरम्भ होगा पटना से बाहर का सफ़र। मुम्बई का सफ़र। मिस पटना से फेमिना मिस इंडिया का सफ़र।...और देखते-देखते सुवंती ने,...हरपुर गाँव के विलुप्त हो चुके हेल्थ सेन्टर की मिडवाइफ़ माधुरी देवी की बेटी सुवंतिया ने मिस पटना का आयरन गेट तोड़ दिया था। भारतीय नृत्य कला मन्दिर के विशाल प्रेक्षागृह में मंच पर तीस सुन्दरियों को पछाड़ती हुई वह जब अन्तिम दौर में ब्रा और पैंटी में दो अन्य सुन्दरियों के साथ मंच पर आई दर्शकों की साँसें थम गईं। दसों दिशाएँ आकुल होकर झाँक रही थीं। उनचासों पवन ठिठके हुए थे। देवलोक के करोड़ों देवी-देवता सुवंती की देह से झरते सौन्दर्य से अपनी आँखों की तृषा बुझा रहे थे। प्रश्नोत्तर का दौर आरम्भ हुआ। निर्णायक मंडल की सदस्य और मुम्बई में अपना यौवन खो चुकी एक फिल्मी अभिनेत्री ने अंग्रेज़ी में पूछा—"इस समय इस प्रतियोगिता के अन्तिम दौर में मंच पर खड़ी होकर आप क्या सोच रही हैं?"

दर्शकों की निगाहें सुवंती पर टिकी थीं। हल्की मुस्कान बिखेरते हुए वह बोली—"मैं अपनी माँ और अपने गाँव हरपुर को याद कर रही हूँ क्योंकि मैं अपनी माँ के सपनों को पूरा करना चाहती हूँ और अपने गाँव को पूरी दुनिया में मशहूर करना चाहती हूँ।"

पूरा प्रेक्षागृह तालियों की गड़गड़ाहट से गूँज उठा। ऐसी तुमुल-ध्वनि पहले कभी न सुनी गई थी। सुवंती के नाम की घोषणा हुई। भारत की पूर्व विश्व सुन्दरियों के अन्दाज़ में उसने आश्चर्य प्रकट करते हुए हर्ष के आँसू बहाए। मिस पटना का ताज पहन धक्का-मुक्की करते प्रेस फोटोग्राफ़रों को पोज़ दिया।

उसने माधुरी देवी को बीस हज़ार रुपयों के साथ पटना बुलाया था। माधुरी देवी पटना जाने के लिए हरपुर से निकलीं पर पटना नहीं पहुँच सकीं। हरपुर का हेल्थ सेन्टर जिस समय बन्द हुआ, प्रदेश के कई ज़िलों के गाँवों में इस परियोजना के हेल्थ सेन्टर बन्द हुए। उसी समय कर्मचारियों ने सरकार के ख़िलाफ़ मुक़दमा किया था, जो कछुए की चाल से सरकते हुए हाई कोर्ट पहुँचा। कुछ महीने के बकाया वेतन और मुआवज़े की राशि के भुगतान का सरकार को आदेश मिला। इसी पैसे के भुगतान के चक्कर में माधुरी देवी ज़िला स्वास्थ्य अधिकारी और ट्रेज़री का चक्कर काटती रह गईं और पटना नहीं पहुँचीं। अक्सर वह सीवान जातीं तो शाम तक लौट आतीं, पर अगर रात में रुकना होता तो स्व. त्रिभुवन लाल के घर रात गुज़ारतीं। उनकी बहुओं से अपनापा था। वे भी उन्हें ननद का प्यार-सम्मान

देतीं। माधुरी देवी को सीवान में ही अख़बार के मुखपृष्ठ पर बेटी की अर्द्धनग्न तस्वीर देखने को मिली। वह बिना किसी से कुछ बोले-बतियाए बाहर निकलीं। कुछ देर सड़कों पर ऐसे ही भटकती रहीं। कल ही ट्रेज़री में काग़ज़ पहुँच चुका था और आज पैसे के भुगतान की सम्भावना थी। दस बजते ही वह ट्रेज़री पहुँचीं। दोपहर तक पैसा उनके बैंक अकाउन्ट में चला गया, जिसे उन्होंने सुवंती के अकाउन्ट में ट्रांसफर किया। वह धीमी गति से चलते हुए उस चौराहे तक पहुँचीं, जहाँ पहली बार हरपुर जाने के लिए गोद में सुवंती को लिये वह रिक्शा पर बैठी थीं। वह सोच नहीं पा रही थीं कि कहाँ जाएँ! त्रिभुवन लाल के घर,...पटना,...हरपुर,...या कचहरी के उस पार बहती दाहा नदी के पेट में?

अख़बार में सुवंती की फोटो तो सबने देखी, पर ख़बर ठीक से सब नहीं पढ़ पाए। फोटो ही ऐसा विस्फोटक था कि ख़बर का एक-एक हर्फ़ पढ़ने का धीरज नहीं रह पाया किसी के पास। केवल जगत कानू ही थे ख़बरों के रसिया, जो पूरी ख़बर पढ़ सके और कारी के बथान से उठकर बाज़ार पहुँचे। उनकी उम्मीद के अनुसार ही वहाँ असर पड़ा था और अफ़रा-तफ़री मची हुई थी। पर जाने क्यों यह ख़बर उन्हें पहले जितनी मसालेदार लगी थी, अब ठीक इसके विपरीत उन्हें उदास कर रही थी। वह बाज़ार की रसचर्चा में डूबे बिना घर की ओर चले। घर लौटते हुए जगत अपने सुपुत्र कौशल कुमार से टकरा गए, जो ख़बर से अभिभूत हरपुर की सड़कों-गलियों में बौराए फिर रहा था।

ढीठ बेटे ने बाप से पूछा—"बाबू, अख़बार देखे?"

बेटे की ढिठाई पर पहले तो जगत अचकचाए, फिर सम्भलते हुए उसे घूरने लगे।

अपने पिता की प्रतिक्रिया भाँपने में असफल मैट्रिक के परीक्षार्थी छात्र कौशल कुमार की ज़ुल्फ़ें जगत की मुट्ठी में थीं। दाँत पीसते हुए जगत बोले—"तुम पढ़ो सरऊ अखबार...देखो...आँख चियारकर फोटो देखो खाली...पढ़ो मत।...भरी सभा में लाँगट-उघार खड़ी है पर अपनी महतारी को नहीं भूली...गाँव को नहीं भूली।...और तुम सरऊ जीयते-जिनगी बाप को फूँक-ताप जाने को तैयार हो।"

कौशल कुमार ब-मुश्किल जान छुड़ाकर भागा और अपने संगी-साथियों के साथ पुनः अख़बार वाचन किया। यह वाचन फुद्दन मियाँ की नयकी बहू यानी मेराज बहू के सामने हुआ और उसकी देख-रेख में हुआ। मेराज, पप्पू सिंह और टुन्नी मिसिर के हमउम्र थे। यह ठीक उनके बाद की पीढ़ी थी, जो अपनी इस इन्टर पास भाभी को अपना आदर्श मानती थी। मेराज बहू सात महीने पहले ब्याह कर

छपरा से हरपुर आई थी। आते ही उसकी धूम मच गई थी। उसने सबसे पहले दालान से टीवी उठवाकर बुढ़ऊ फुद्दन को चारों खाने चित किया था। घर के भीतर गाँव के देवरों को पनाह देकर फुद्दन की बीवी के आतंक और पर्दादारी पर कील ठोकी थी। सुवंती की पथ-प्रदर्शक अपनी जेठानी को घर की आर्थिक सत्ता पर काबिज़ करवाकर [illegible] उनकी दुलारी और मुँहलग्गू बन गई थी।

मेराज बहू यानी नयकी भाभी ने आनन-फ़ानन टीवी खोलकर न्यूज़ चैनल लगाया। प्रादेशिक चैनलों पर सुवंती की धूम मची थी। निर्णायकों को दिया गया सुवंती का जवाब बार-बार हर चैनल की मुख्य ख़बर बन रहा था। सुवंती का जवाब और उसकी उपलब्धि का यशोगान हरपुर की युवा होती इस पीढ़ी के कानों-आँखों से होता हुआ उनकी आत्मा और रगों में बहते लहू तक पहुँचा। वहीं, फुद्दन मियाँ के आँगन में विचार-विमर्श हुआ,...योजना बनी। नयकी भौजी ने सुझाव दिया कि इस क़ामयाबी का जश्न सारे गाँव में मनाया जाना चाहिए। ब-हैसियत सदर फुद्दन की बड़ी बहू को इस बातचीत में शामिल किया गया। कनिष्ठ सदस्य के रूप में फुद्दन के बड़े पोते बारह वर्षीय पिंकू भी कम उत्साहित नहीं थे।

बड़ी बी यानी पिंकू की अम्मी के सुझाव पर यह दल पप्पू सिंह से मिलने पहुँचा। पप्पू सिंह सीवान निकलने वाले थे कि अख़बारों ने गाँव में प्रवेश किया था और वह सुबरन साह की दुकान पर इस सूचना विस्फोट में उलझ गए थे। बाज़ार के गर्द-ओ-गुबार से बाहर निकल अब वह मोटरसायकिल स्टार्ट करने ही जा रहे थे कि कौशल कुमार सहित दर्ज़न भर नवतुरियों के गिरोह ने उन्हें घेर लिया। उनके आग्रह पर पप्पू भीड़ से अलग गए। नई पीढ़ी ने जब उन्हें योजना सुनाई, वह चकित रह गए। उन्होंने अपने को कोसा कि वह ऐसा कुछ क्यों नहीं सोच-समझ सके! उन्हें यह भी लगा कि वह एक पीढ़ी पीछे खिसक गए हैं और कमान नई पीढ़ी ने सम्भाल ली है। उन्हें बड़ी बी यानी पिंकू की अम्मा और नयकी भाभी यानी उनके दोस्त मेराज की बहू का सन्देश भी दिया गया। पिंकू ने कहा—''अम्मा कहिन हैं कि चच्चा से कहना...अऊर चच्ची भी कहिन हैं...।''

पप्पू सिंह ने सीवान जाने का कार्यक्रम स्थगित किया और अख़बार और चर्चा-कुचर्चा में उलझे लोगों के बीच फिर से उपस्थित हुए। गाँव की नई पीढ़ी का प्रस्ताव सबके सामने रखा। सबसे पहले फुद्दन बमके—''पप्पू बाबू, अब तुमको कौनो काम नहीं बचा है का? ठेकेदारी छोड़ के लहेंड़ागिरी मत करो गाँव में। रामधियान भाई की...।''

''ए फुद्दन चा... !'' पप्पू ने बात काटते हुए कहा—''तुम्हारा पोता पिंकुआ का परपोजल है। अऊर बड़की भाभी...नयकी भाभी दोनों जनी का एपरूभल है।...समझे?''

फुद्दन की हवा ख़राब करने के लिए इतना ही काफ़ी था। बिना किसी हील-हुज्जत के वह सरक लिए। चर्चा की दिशा बदल गई। उसी शाम पप्पू ने सुवंती को फ़ोन किया। उसे बधाई दी। गाँव के प्रसन्न होने और उसके स्वागत समारोह की योजना की सूचना दी। सुवंती से कहा कि—"कब आ रही हो बता दो ताकि उस दिन कार्यक्रम रखा जा सके।"

माधुरी देवी न तो न पटना गईं और न सीवान में रुकीं। दाहा नदी में इतना जल ही नहीं था कि उसके पेट में समा जाएँ। बरसात के दिन होते तो शायद ऐसा कुछ सोचतीं और सम्भव हो पाता, सो वह हरपुर लौट आईं।

गाँव में हलचल थी। मतैक्य नहीं होने के बावजूद आयोजन की रूपरेखा बन चुकी थी। नई पीढ़ी का जोश उफ़ान पर था। पप्पू सिंह ने कमान सम्भाल ली थी। फुद्दन आयोजन के विरुद्ध अन्तःसलिला नदी की तरह प्रवाहित हो रहे थे। ऊपर से सहज और चुप, पर भीतर ही भीतर उन्होंने प्रवल वेग से सारे गाँव-जवार में अभियान छेड़ रखा था। उनके लिए यह केवल सुवंती या पप्पू का प्रतिकार नहीं था बल्कि इसी बहाने वह अपनी दोनों बहुओं के विरुद्ध भी मुक़ाबले में डटे थे। हालाँकि उनकी गतिविधियों की सूचना पप्पू तक निर्बाध पहुँच रही थी। इन सूचनाओं में पर्याप्त विस्तार कर पप्पू इन्हें पिंकुआ के माध्यम से उसकी अम्मी और चच्ची तक पहुँचवा रहे थे। फुद्दन भी सतर्क थे। उन्होंने अपनी बेगम से साफ़-साफ़ कह दिया था—"अपने हाथों से पकाकर दोगी तो खाएँगे। इन कसबिनों पर भरोसा नहीं है मुझे। हरामजादियों का कोई ठिकाना नहीं। खाने में माहुर मिलाकर दे सकती हैं। मजीद और मेराज लौटें अरब से तो इस बार दो टूक फ़ैसला होगा। या तो ये हरामजादियाँ अपना चाल-चलन सुधारें या हम ही अलग हो जाएँगे।"

सुवंती के आने की तिथि तय हो चुकी थी। तैयारियाँ ज़ोरों पर थीं। सीवान के ज़िला कलक्टर ने आने की हामी भर दी थी। जोगी पीर के सामने के मैदान में दुधही पोखर के पास मंच और पंडाल बन रहा था। सुबरन साह भी वहाँ चाय की दुकान लगाने की तैयारी में थे। सबके लिए अलग-अलग काम थे। मंगल मिसिर के दोनों पोतों के जिम्मे भोज की तैयारियाँ थीं और टुन्नी मिसिर के चचेरे भाई पर सांस्कृतिक कार्यक्रम का भार था। नवतुरियों के उत्साह ने पप्पू सिंह की पीढ़ी को प्रेरित ही नहीं अपने दायित्वबोध के प्रति जागरूक कर दिया था। समीउल्लाह ख़ान ने ज़िले के अधिकारियों और नेताओं को जुटाने का बीड़ा उठाया था। इस आयोजन से जगत कानू की कई उम्मीदें जगी थीं। उन्हें लग रहा था कि गाँव में बहती यह

नएपन की बयार यहाँ के नौजवानों के भीतर उत्साह भरेगी और साथ ही सुवंतिया के मातृप्रेम का असर भी पड़ेगा। आयोजन के लिए धन की मुख्य व्यवस्था का जिम्मा आयोजन के सूत्रधार पप्पू सिंह पर था। पप्पू कुशलता के साथ लगे हुए थे और निर्धारित बजट से ज़्यादा संग्रह कर चुके थे। रामलगन कोषाध्यक्ष थे। वह पप्पू सिंह के निकटतम सहयोगी थे। कारी को पहले तो लगा कि यज्ञ हो रहा है और साधु-संतों का जमावड़ा होगा, पर भेद खुलते ही उन्होंने जगत कानू को कोसना शुरू किया। खेती-बारी और माल-मवेशी का सारा जिम्मा बाप के माथ पर छोड़कर रामलगन आयोजन में व्यस्त थे। चिरई की तरह बथान पर आते और फुर्र हो जाते।

सुवंती को लाने के लिए स्कार्पियो लेकर पटना जाने का सबसे आकर्षक काम किसे मिलेगा इसको लेकर आपस में काफ़ी स्पर्धा थी। पर पप्पू ने यह जिम्मा कौशल कुमार को सौंपा। कार्यक्रम से पहले वाली रात कौशल कुमार स्कार्पियो पर सवार हो पटना रवाना हुए। भड़-भड़ करते जेनरेटर की ध्वनि और धुएँ से रोशनी का युद्ध जारी था। उस विशाल पीपल वृक्ष की डालों-पत्तों पर, जिस पर जोगी पीर का वास था, और दुधही के पोखर के शीतल और थिर जल-सतह पर आग की लपटों की तरह नाच रही थी रोशनी। पप्पू सिंह ने लड्डू और गाँजा की पुड़िया चढ़ाकर जोगी पीर से कार्यक्रम की सफलता के लिए आशीष माँगा। लड्डू नवतुरिया कार्यकर्ताओं बँटा और मंगल बाबा के साथ जगत कानू ने गाँजे की चिलम लहका कर जोगी पीर की पूजा का विधान पूरा किया। चिलम टानकर जब मंगल मिसिर टंच हुए, जगत ने इसरार किया—"बाबा, एक ठो हो जाए...कंठ खोलकर...एकदम अइसा टाँसिए कि हरपुर हिल जाए।"

मंगल मिसिर ने तान भरी—"अगिन जो लागी नीर में पाँक जारिया झारि।...किसिम-किसिम के पंडिता रह गए करत विचार।"

सुवंती के साथ पटना से टीवी वालों और अख़बार वालों के भी आने की सूचना थी। यह भी पता चला कि भोजपुरी फिल्मों का कोई हीरो आ रहा है। पप्पू ने बताया—"अभी नाम नहीं आउट करेंगे। सुवंती ने मना किया है।...नाम आउट होने से लॉ एंड आर्डर का प्रॉब्लम हो सकता है।"

हरपुर, हरपुर नहीं इन्द्रपुर लग रहा था। हरपुर भूल चुका था कि पिछले तीन सालों में वह दो बार सूखा झेल चुका है। खेतों की दरारों और खलिहान के सूनेपन की पीड़ा ढोने के लिए अब हरपुर तैयार नहीं था। हरपुर यह भी भूल चुका था कि पिछले बरस दो सालों के बाद अच्छी वर्षा हुई और धान के खेतों में हरियाली उमड़ी, पर बालियों में दाने नहीं आए क्योंकि नए क़िस्म के बीज नकली निकले।

जो दो–चार पैसे मुट्ठी में बन्द थे उन्हें खेती में लुटाकर लोग भौंचक थे। पर अब हरपुर ऐसा कुछ भी याद नहीं रखना चाहता था जिससे इस जश्न का स्वाद बिगड़े। पिछले चुनाव के बाद साल भर तक चले हत्याओं के सिलसिले और दंगे की आशंका से थर–थर काँपनेवाले हरपुर ने भय की चादर उतारकर फेंक दी थी।

आयोजन के दिन टुन्नी मिसिर उर्फ़ त्रिपुरारी मिश्र दुरौंधा स्टेशन पर मौर्य एक्सप्रेस से उतरे। प्रेम की महान परम्पराओं का सम्मान करते हुए उन्होंने भट्ठी में जाकर पहली बार पाउच–पान किया और सिगनल से आगे जाकर रेलवे लाइन पर वैशाली एक्सप्रेस के इन्तज़ार में पसर गए। बड़ी देर तक पसरे रहे। वैशाली एक्सप्रेस का अता–पता नहीं था। प्रतीक्षा करते–करते ऊबकर वह उठे और पटरियों के किनारे बेहया की झाड़ियों में फ़ारिग होने बैठ गए। बैठे ही थे कि धड़धड़ाती हुई वैशाली एक्सप्रेस गुज़र गई और उन्होंने इसे ईश्वर का आदेश मानकर हर हाल में जीवित रहने का संकल्प लिया।

सुवंती ने पप्पू को मोबाइल पर बताया था कि वह अपने पिता के साथ आ रही है। वह अपनी माँ को बिछुड़ गए पति का उपहार देना चाहती है। माधुरी देवी जब किसी क़ीमत पर आयोजन में शामिल होने के लिए तैयार नहीं हुईं, पप्पू ने यह रामवाण सूचना उन्हें दे दी। उसे भरोसा था कि वह इस सूचना की अनदेखी नहीं कर सकेंगी।

जिस समय स्कार्पियो पर सवार सुवंती स्नेहा हरपुर पहुँची, अपनी कोठरी में बन्द माधुरी देवी अपनी माँग का सिन्दूर पोंछ रही थीं और अपने हाथों की चूड़ियाँ तोड़ रही थीं।

(कथादेश, जनवरी 2012)

काजर आँजत नयन गए

मोहली राउत की रीढ़ चिलक रही थी।

घनी-काली बदरी के बीच बिना अता-पता के जैसे अचानक चमककर लोप हो जाती है बिजुरी, वैसे ही रीढ़ में चिलक उठती और लोप हो जाती। और बिजुरी की चमक के बाद मेघों के गरजने से बहुत देर तक जैसे थरथराती रहती है धरती, ठीक वैसे ही दरद से डोलती रहती उनकी देह। न इस करवट चैन मिलता और न उस करवट। चित सोते तो सारी देह झिनझिन करती। बस पेट के बल ही थोड़ा चैन मिलता। बंगाली डॉक्टर ने भी पेट के बल ही सोने के लिए कहा था। अब पेट के बल भला सारी रात कैसे सो सकता है कोई! मोहली राउत बुदबुदाए— ''बस एक रीढ़ ही तो बची थी जिसको ताने अब तक गाँव-जवार में घूमते रहे।...अब इसमें भी लुत्ती लग गई।...इतने बरस के बाद... ।''

अधेड़ थे मोहली राउत । पचास की उमर भी कोई उमर होती है ऐसी बीमारी के लिए! बुढ़ापा अभी दूर था। कुछ सालों पहले तक वह भर बाल्टी दूध पीकर एक डकार मारते तो पेट पचक जाता था। पर अब कहाँ दूध और दही! अब तो यह देह भर पेट रोटी-भात नहीं पचा पाती। बाल-बच्चों को दूध-दही नसीब होता रहे, यही भगवान की दया।

उनके बाबू किसुन राउत नब्बे पार करके गए। बाद में लोगों ने उनकी उमर का हिसाब-क़िताब छोड़ दिया था। सबकी गिनती गड़बड़ा जाती थी। किसुन राउत अन्तिम दिनों में विस्मृति का शिकार हो चुके थे। नाम-गाँव और लोग-बाग, सब बिसर चुका था। भोर को साँझ और साँझ को भोर समझते। उमर पूछने पर अपनी अँगुलियों के पोर गिनते और लटपटाती हुई आवाज़ में कुछ कहते, जिसे कोई नहीं समझ-बूझ पाता। जब उन्होंने दीन-दुनिया को बिसारा नहीं था, बताया करते कि बड़की भूडोल के साल उनकी पहली औरत चल बसी थी। ब्याह के सात साल बाद तक बिना बाल-बच्चा पैदा किए ज़िन्दा रही वह...; और जब उनका पहला ब्याह हुआ था उनकी मूँछों की रेख उभर रही थी। भूडोल के बाद ही किसुन राउत के

बाबू ने उनका दूसरा ब्याह कर दिया। उनकी कुल सात सन्तानों में सबसे छोटे थे मोहली राउत। पेटपोंछवा थे, सो अपने बाबू के दुलरुवा रहे। मोहली राउत ने दुलरुवा बेटा होने का फ़र्ज़ भी निबाहा। अन्त तक सेवा-टहल में कोई कमी नहीं की और न ही किरिया-करम में कोई चूक होने दी। उनके जनम से पहले ही तीनों बड़ी बहनों का ब्याह हो चुका था। बँटवारे के बाद तीनों बड़े भाइयों का परिवार अलग हो गया, पर बाबू किसी के पाले में नहीं गए। उनके साथ ही रहे। बड़ी बहनों के ससुराल से भी नातेदारी वही निबाहते रहे। आज चारों भाई अलग-अलग हैं। सबकी अपनी खेती-बारी,...अपना रोज़गार है। सबका परिवार बाल-बच्चों से भरा-पूरा है। अगर सब में कोई दब है, तो वही। पर उन्हें इसका मलाल नहीं। मलाल इस बात का है कि ऊपर से दूध की छाली की तरह चिकनाई और भीतर फिटकरी वाली खटास से भरी पट्टीदारी। किसी की किसी से नहीं पटती। किसुन राउत का मान-मरजाद ढोते-ढोते अब मोहली राउत की साँस उखड़ने लगी है, पर जब तक जीना है इस बोझ को उतार भी तो नहीं सकते। सारे भाइयों और सबके बच्चों ने नाम तक बदल लिए, पर वह बाबू का नाम ढो रहे हैं। सब राउत से चौधरी, यादव, सिंह और जाने क्या-क्या हो गए! यहाँ तक कि उनके बेटों ने भी उनकी बात नहीं मानी। राउत हटा दिया। मोहित सिंह यादव और रोहित सिंह यादव बन गए। पर मोहली राउत ने अपने बाबू के नाम से अपने को जोड़े रखा।

मोहली राउत की रीढ़ फिर चिलकी। इधर दरद पूरी देह में पसरा और उधर रसूलपुर के सिताई पीर वाली मस्जिद से अज़ान की आवाज़ आई। तहज्जुद की नमाज़ का वक़्त हो चला था। रात आधी से ज़्यादा सरक चुकी थी। रसूलपुर से सटा हुआ है मोहली राउत का गाँव अरजल। इस अरजल को उनके पुरखों ने अपने बाहुबल पर अरजा था और इसे अरजल नाम दिया था। अरजल की सारी ज़मीन रसूलपुर की ही है। बहुत पहले, अंग्रेज़ों के साबिक़ सर्वे से भी बहुत पहले के खाता-खतिहान में अरजल की ज़मीन रसूलपुर के मियाँ लोगों के नाम पर दर्ज़ है। कई पीढ़ियों पहले मोहली राउत के पुरखे गंगा और सरयू के पाटों के बीच बसे दियारा से उजड़कर भटकते हुए रसूलपुर पहुँचे थे। दियारा में बसे उनके गाँव को गंगा और सरयू ने लील लिया था। माल-मवेशियों को हाँकते हुए बाल-बच्चों के साथ बिना किसी ठौर-ठिकाने के निकल पड़े थे लोग। छपरा पार करके कोसों चलते रहे थे। गंगा हों या सरयू, वे लोग इनके किनारों से दूर,...बहुत दूर चले जाना चाहते थे। गंगा और सरयू अपनी धार के साथ धरती के लिए अनमोल खाद तो लातीं और भर देतीं अन्न से कोठारों को, पर हर साल काट ले जातीं खेत-खलिहान और बहा ले जाती दो-चार लोगों को। पूजा-पाठ,...अरज-विनती और मनौतियाँ भी काम न आतीं। अपनी धरती से उखड़कर मोहली राउत के पुरखों ने रसूलपुर के

पठानों-शेखों के विशाल बागीचों में डेरा डाला था। दूध-दही की नदी बह चली थी रसूलपुर में। ज़िराअत के लिए बँटाई पर ज़मीन लेकर उन लोगों ने अनाज उपजाना शुरू किया। यहाँ बाढ़ का भय नहीं था। गंडकी दूर थीं। गंडकी जब उमगतीं और जलप्रलय मचातीं, तब खेतों पर जल का दबाव ज़रूर बढ़ता। खेती दहती, पर जान-माल नहीं। जब मेघ टूटते और ज़्यादा वर्षा होती, पड़ोसी गाँव मधवापुर के पंडितों-राजपूतों से रसूलपुर के मियाँ लोगों की धनहर खेतों में पानी को लेकर रार ठनती। अपने धनहर खेतों को बचाने के लिए मधवापुर के लोग बाँध काटते और रसूलपुर के धनहर खेत डूब जाते। दोनों तरफ़ तनातनी रहती। लाठियाँ निकलतीं। गुहार लगती। हर दो-चार सालों के बाद यह वाक़िया दुहराया जाता। मधवापुर के लाठीधरों के आगे रसूलपुर के लोगों की अक्सर हेठी होती और खेत डूबते। फ़सल दह जाती। मोहली भगत के पुरखों के आने के बाद मामले ने रंग बदल दिया। दूसरे साल ही ऐसी लाठी चली कि मधवापुर के पंडितों के सारे देवी-देवता इंद्रलोक में जाकर छिप गए और राजपूतों का गाढ़ा रक्त पानी हो गया। उनके बाबू बताते थे कि मधवापुर में कई लाशें गिरीं। अंग्रेज़ों का ज़माना था। इस फ़ौजदारी में मोहली राउत के पुरखों ने जेल में क़ैद बा-मशक्कत की सज़ा काटी। इसी एवज़ में रसूलपुर के मियाँ लोगों ने अपनी ज़मीनें देकर मोहली राउत के पुरखों को स्थायी तौर पर बसाया। डीह क़ायम करने की अनुमति दी। मोहली राउत के पुरखों का अरजा हुआ यह अरजल गाँव समय के चाक पर चढ़कर धीरे-धीरे आकार लेता गया,... फैलता गया।

सालों-साल बीत गए, पर मधवापुर और रसूलपुर में पानी के कटाव को लेकर रार चलती रही। दो-चार सालों में कुछ न कुछ हो ही जाता था। पिछले कुछ सालों तक अरजल के लोग रसूलपुर वालों की ओर से गुहार में जाते रहे हैं। नहर आने से पहले तक यह सिलसिला चलता रहा है। मोहली राउत के बाबू किसुन राउत भी अपने ज़माने में गुहार में जाते रहे हैं और अपनी प्रचंड जवानी में मोहली भी लाठी भाँज चुके हैं। यह दरद भी उन्हीं जवानी के दिनों में रसूलपुर के लिए मधवापुर के ख़िलाफ़ भाँजी गई लाठी की देन है। एक बार अपनी लाठी से बाबू चनरमा सिंह को धुनकर मुड़े ही थे मोहली कि बाँध पर पैर बिछला। केवाल माटी का बाँध उन्हें ले डूबा। गिरते ही वह मधवापुर वालों की ज़द में आ गए। भागते-भागते भी एक लाठी लग ही गई। उस समय जो लाठी की चोट रीढ़ में घुसी, सो इतने बरस बाद पिछले कुछ महीनों से जब-तब झाँकने लगी है। अब लाठी का ज़माना गया और मधवापुर और रसूलपुर के बीच नहर बन जाने से बाँध पर पहरेदारी का झंझट भी छूटा। हालाँकि दोनों गाँव बरबाद हो गए। बरसात के पानी ने दोनों गाँवों के बीच पहुँचने से कोस भर पहले ही अपना रुख़ बदल दिया। जिस

पानी को लेकर रार मचा करती थी उसकी एक-एक बूँद के लिए अब आसमान ताकते हैं लोग। सरकार ने नहर खुदवा दी, पर नहर में पानी आए तब तो! पहले ख़रीफ़ की फ़सल दहती ज़रूर थी, पर पानी माटी के लिए जो नमी और ताक़त छोड़ जाता, उससे रबी की फ़सल ऐसी उपजती कि भरपाई हो जाती। आज का ज़माना होता तो न यह रीढ़ होती और न यह चोट। परलोक सिधार गए होते मोहली। फुटफुटिया का ज़माना है। अब तो पाकिट से निकालो और दाग दो...

मोहली भगत ने आह भरी। इस बार दरद दुहरा था। रीढ़ तो चिलकी ही, कलेजे में भी हूक उठी। इसी फुटफुटिया ने बड़कू की जान ले ली। भरी जवानी में चले गए मोहित। दो साल का बेटा बहू की गोद में छोड़कर।...

दिन-रात हाड़-हाड़ तोड़कर खटते रहे मोहली राउत। खेतों की माटी को चन्दन का लेप बूझते रहे। सूखा हो चाहे दहार, उनका कभी धरती से भरोसा नहीं उठा। गाछ-बिरिछ को संगी-साथी समझा। बाईस कट्ठे में कलमी और बीजू आम का बाग लगाया कि बाल-बच्चे तरसें नहीं। गाय-गोरू को घर-परिवार का सवाँग मानते रहे। बड़े-बड़े पहलवानों के पाँखुर झूल जाएँ, पर वह एक सुर-लय में दो भैंसों और दो गायों का थन दूहते रहे। जाड़ा-बरसात हो या आँधी-तूफ़ान, रोज़ सायकिल पर दूध का कंटर लादकर रसूलपुर जाते। कातिक की ठंड की परवाह किए बग़ैर सोनपुर मेले में दस-दस दिनों तक डेरा डालकर बैलों की ऐसी जोड़ी लाते थे कि गाँव-जवार के लोगों की आँखें फटी की फटी रह जातीं। देखनिहारों को धरनिहार लगते।...मोहित की महतारी तो दूध-दही और अनाज सहेंजने, रसोई-पानी करने और बाल-बच्चों को पोसने में ही हलकान रहती। दोनों बेटियाँ जब बड़ी हुईं, उसको कुछ सहारा मिला। पर वह भी कितने दिन!...बेटियों की देह की बाढ़ तो ऐसी होती है कि गोद से उतरीं और डोली में चढ़ीं। दोनों बड़ी बेटियों का ब्याह किया, पर बित्ता भर धरती बिना बेचे। दान-दहेज़ सब दिया...मान-मरजाद में कोई कमी नहीं की, पर एक पाई करजा-उधार नहीं। अब एक बची है। पाँच सन्तानों में सबसे छोटी।...पेटपोंछनी। मोहित की महतारी का सहारा बनी रहती है। जवान बेटे के जाने का दुःख छाती पर लादकर जीना बड़ा कठिन काम है। बेटे का दुःख घुन की तरह खा रहा है मोहित की महतारी को। अब उससे पार नहीं लगता काम-काज। हेमा ही सँभालती है घर-आँगन और अपनी महतारी को। सोचते हैं मोहली राउत,...जैसे दोनों बड़ी बेटियाँ गईं ससुराल, वैसे ही एक दिन चली जाएगी छोटकी। कितने दिन रोककर रख सकेंगे जवान बेटी को! उनका बस चलता तो विदा कर दिए होते पिछले ही साल, पर मोहित के जाने के दुःख ने तो कमर ही तोड दी।...और फिर पढ़ भी तो रही है। इस साल हाईस्कूल पास करेगी। पास कर जाए इस साल...फिर...। नया ज़माना है। अब पढ़े-लिखे बिना न तो मान मिलता

है और न गुज़र-बसर होता है। आज दो-चार हरुफ़ पढ़ी-लिखी है मोहित की जनानी तभी तो...। अगर बिना पढ़ी-लिखी होती तो बाबू रोहित सिंह यादव...।

मोहली राउत नए ज़माने के साथ चलना चाहते हैं। उन्होंने बैलों को नहीं हटाया, पर जब मोहित ने ट्रैक्टर ख़रीदने की बात कही तो बाधा नहीं बने। हाँ, बैंक से करजा लेने पर एतराज़ ज़रूर था उनको। पम्पिंग सेट और थ्रेसर तो अपने भाई-पट्टीदारों से पहले ख़रीदा था उन्होंने। और जब ख़रीदा था माली हालत ठीक नहीं थी। दो बेटियों के ब्याह के बाद ढीली गाँठ और ऊपर से मोहित और रोहित की पढ़ाई का खरच-बरच।

सिताई पीर वाली मस्जिद का भोंपू फिर बोला। फ़जर की नमाज़ के लिए अज़ान हुई। सुबह होनेवाली थी अब। सारी रात गुज़र गई पर इस दरद ने चैन नहीं लेने दिया। छिन भर के लिए भी आँख नहीं लगी। अब तो माल-मवेशी के चारा-पानी की वेला हुई। अब कहाँ चैन!...अब कहाँ आराम! कोल्हू के बैल की तरह खेत-खलिहान से लेकर घर-दुआर के बीच भाँवर काटते रहो।

मोहली राउत उठे। देह को तानकर खड़े हुए। ओसारे के खम्भे से टिकी लाठी को टटोलकर सहारा लिया। अब आँखों की जोत भी साथ छोड़ रही है। भुवरी डँकरती हुई हुमकने लगी। हर सुबह ऐसे ही बेचैन होकर वह मोहली राउत से लाड़ करती है। अगर उस तक पहुँचने में देर कर दें मोहली तो पगहा तोड़कर या खूँटा उखाड़कर उन तक पहुँच जाती है। यही आदत उसकी महतारी की भी थी। हरिहर बाबा के मेले से ही उसे भी ले आए थे मोहली राउत। ग़ज़ब की सुन्दर थी भुवरी की महतारी! डब-डब करतीं बड़ी-बड़ी आँखें,...लम्बा थूथन, और कलश की तरह मुड़े हुए नुकीले सींग। चितकबरी थी। सफेद चमड़ी पर लाल-काले चित्तियों की छाप। उसके भारी थन की मोटी-मोटी छीमियों में दूध कभी कम नहीं हुआ। महतारी जैसा रूप-रंग तो नहीं है भुवरी का, पर सुभाव सोलहों आने उसी का है। वैसी ही सिधुआ है।

मोहली राउत ओसारे से नीचे उतरे। कम रोशनी में आँखें धोखा दे रही थीं। सम्भल-सम्भल कर चलते हुए गोहाल तक गए। उन्होंने उसका माथा सहलाया। सींग पकड़ दुलार किया। जबड़ा थपथपाया। भुवरी ने हँकरना बन्द किया और जीभ से चाटने लगी मोहली राउत की हथेली। उन्होंने सबसे पहले भुवरी को नाद पर बाँधा। फिर एक-एक कर सारे मवेशियों को नाद तक ले गए। उन्हें सानी-पानी दिया और लोटा लेकर दिशा-मैदान को निकले।

कुआर की भोर थी। हफ़्ता भर पहले ही उतरते हुए हथिया नक्षत्र बरसकर

खुला था। हथिया की इस वर्षा ने अबकी अच्छी फ़सल की आस जगा दी थी। अगर न बरसे हथिया तो किसान पिस जाता है। आदि न बरसे अद्रा, हस्त न बरसे निदान...कहै घाघ सुनु घाघिनी, भए किसान पिसान। मुट्ठी भर ठंड छोड़कर जाता है हथिया नक्षत्र, सो सिहर रही थी देह। अब जैसे-जैसे ठंड बढ़ेगी उनकी रीढ़ की चिलकन और देह की सिहरन बढ़ती ही जाएगी। देह की सिहरन पर तो दवा-इलाज और इंतज़ाम से क़ाबू कर ले आदमी, पर मन की सिहरन का क्या करे कोई! इस मन पर किसका इख़्तियार! मोहित के जाने के दिन से ही काँप रहा है मोहली राउत का मन। सम्भाले नहीं सम्भलता। समझाए नहीं समझता। जीवन भर के लिए ऐसा दरद दे गए मोहित कि जैसे-जैसे दिन गुज़रेंगे, इस दरद की तासीर बढ़ती ही जाएगी। रीढ़ का दरद तो डॉक्टर-वैद हर भी लें, पर मोहित जो घाव दे गए, वह भला कहाँ सूखने वाला! वह तो हरियर का हरियर बना रहेगा। और आँखों की जोत?...न रहे,...चली जाए इसी में भला है।

मोहित सिंह यादव ने मनरौली हाई स्कूल से मैट्रिक परीक्षा का फ़ार्म भरते समय अपने नाम मोहित राउत में परिवर्तन किया और बन गए मोहित सिंह यादव। सीवान के डी. ए. वी. कॉलेज से इन्टर पास किया और बी. ए. करने पटना न जाकर गोरखपुर चले गए। गोरखपुर में पढ़ते हुए छात्र राजनीति में सक्रिय रहे। मोहित पढ़ाई में तेज़ थे और स्वभाव के गम्भीर। अपने बाबू मोहली राउत से बतियाते हुए सिर झुकाए रहते। मिठबोलिया थे मोहित। दिन-रात बोल-कुबोल बोलने और लाग-डाँट लगाए रखनेवाले पट्टीदारों से भी वह मीठा ही बोलते और नेह-छोह बनाए रखते। मोहित ने अरजल का काया-कल्प करने का स्वप्न पाल रखा था। उन्होंने अपनी बहन हेमा ही नहीं अरजल की दूसरी लड़कियों को भी मनरौली जाकर हाईस्कूल में पढ़ने के लिए प्रेरित किया था। किसी बाप या भाई ने बेटी या बहन की राह रोकी, तो मोहित संकटमोचक की तरह सामने आ जाते। मोहित अपनी बातों के जादू से संकट हर लेते। उनके इन्टर पास करते ही मोहली राउत ने उनका ब्याह कर दिया था। मोहित ने अपने बाबू को समझाना चाहा था, पर यहीं मात खा गए थे। उनके बाबू ने उनकी एक न सुनी। मधवापुर से सटे कोल्हुआँ के सरपंच रामप्रीत चौधरी की सातवीं पास बेटी से रिश्ता तय कर दिया।

गोरखपुर से बी. ए. पास कर लौटे मोहित, तो मोहली राउत की लालसा थी कि उनके बबुआ सरकारी नौकरी करें। मोहली राउत ने बेटे से कहा भी था कि अगर नौकरी के लिए कुछ लेने-देने का दस्तूर निभाना पड़े तो वह इंतज़ाम कर देंगे। पर मोहित के सपने अलग थे। उन्होंने अपने बाबू को समझाया था और स्थानीय राजनीति में सक्रिय हो गए थे।

मोहली राउत दिशा–मैदान से फ़ारिग़ होकर लौटे। दरवाज़े पर पहुँचे तो देखा कि उनके दूसरे सुपुत्र रोहित सिंह यादव की मोटरसायकिल तैयार थी। रोज़ सुबह का यही सिलसिला था। सुबह हुई और फटफटिया तैयार। झक सफ़ेद कलफ़ किया कुरता–पाजामा पहनकर फटफटिया पर सवार होते और भड़भड़ करते हुए उड़ जाते। भोर होते ही पंछी की तरह उड़ जाना और रात–बिरात में लौटना। चौबीसों घंटे भौहें तनी रहतीं। मुँह खोलते तो चिनगारी निकलती। घर में न किसी से बोलचाल और न हाल–समाचार। मोहली राउत की ओर तो भर आँख देखते भी नहीं थे रोहित। महतारी दिन–रात बेटे के लिए अपनी आँखों के कोर भिगोए रहती, पर बबुआ थे कि भाई की मौत के बाद भूले–बिसरे भी महतारी से उसका हाल–चाल नहीं पूछते। छोटी बहन तो गाय की तरह थर–थर काँपती। मोहली राउत को विधि का यह विधान समझ में नहीं आता कि आख़िर एक ही कोख से एकपीठिया भाइयों में ऐसा भेद कैसे हो गया!

मोहित से दो साल छोटे थे रोहित। जब तक मोहित पढ़ने गोरखपुर नहीं गए थे और दोनों भाई साथ रहते थे, रोहित पर दाब था। मोहित के गोरखपुर जाते ही बेलगाम हो गए रोहित। दिन–रात मोहली राउत का कलेजा धड़कता कि जाने कब क्या कर बैठे यह लड़का! एक तो नए ज़माने का चलन और पट्टीदारों की रार और ऊपर से बबुआ का मन–मिज़ाज। एक तो गौरा अपने गोर, ऊपर से ली कमरी ओढ़। गोरखपुर से लौटकर जब मोहित ने गाँव में रहना शुरू किया मोहली राउत के कलेजे की धड़कन कुछ थिर हुई, पर विधि को यह मंजूर नहीं था।

गोरखपुर से लौटकर जब मोहित ने अरजल को अपना कर्मक्षेत्र बनाया, पट्टीदारों से लेकर गाँव–जवार तक में उपहास उड़ानेवालों की कमी नहीं थी। पर मोहित ने अपनी लगन से सबके मुँह पर ताला जड़ दिया। दो सालों तक न दिन को दिन समझा और न रात को रात। दिन–रात एक करके लोगों के दुःख–दरद में शामिल होते रहे। रसूलपुर और आसपास के गाँवों में धीरे–धीरे उनकी पैठ बनी। मंडल के बाद की तना–तनी के बावजूद मोहित ने अपने लिए हर बरन और हर तबके में कुछ लोग अरज लिये थे जिन पर उनका भरोसा था। बस घर ही में एक विभीषण था—मोहली राउत के बड़े भाई यानी मोहित के बड़का बाबू नरसिंह यादव का बेटा मनोज यादव। पर मोहित को भरोसा था कि एक दिन ऐसा आएगा, जब अपने प्रेम के बल पर वह मनोज की ईर्ष्या पर जीत हासिल करेंगे और वह उनके साथ होगा।

ज़िला परिषद के चुनाव में जब मोहित सिंह यादव खड़े हुए रसूलपुर के मुसलमानों ने उनका साथ नहीं दिया। जिस क्षेत्र से वह उम्मीदवार थे उसमें रसूलपुर, मधवापुर, मनरौली, लहेजी और कोल्हुआँ की पंचायतें शामिल थीं। रसूलपुर के

मौजूद ख़ाँ ने जब अपनी उम्मीदवारी का पर्चा दाख़िल किया, रसूलपुर ने पाला बदल दिया। जिस रसूलपुर ने अरजल को बसाया और जिस रसूलपुर के लोगों की रक्षा के लिए कुछ सालों पहले तक अरजल के लोग लाठियाँ भाँजते रहे थे; उसी रसूलपुर की आँखों में चुभने लगे थे अरजल के मोहित सिंह यादव। रसूलपुर पंचायत में ही शामिल था अरजल। मनरौली से हाई स्कूल पास किया था मोहित ने और वहाँ उनके ढेरों संगी-साथी थे, पर मनरौली का रुख़ साफ़ नहीं था। वहाँ हर बरन के लोग थे और उसके बारे में कहावत थी कि जो पिए मनरौली का पानी, सो बोले छत्तीसी बानी। मनरौली में चुनावी बयार किस ओर बहेगी आज तक कोई नहीं भाँप सका। मधवापुर दो फाट हो गया था। राजपूत और पंडित खुलकर मोहित सिंह यादव का विरोध कर रहे थे। पर गोरखपुर में मोहित के साथ पढ़े मधवापुर के अकेले नौजवान थे रणविजय सिंह, जो पक्ष में थे और मधवापुर के बाक़ी लोगों को अपने सहपाठी के लिए गोलबन्द करने में जुटे थे। एक कोल्हुआँ पंचायत पर पूरी तरह भरोसा था मोहित सिंह यादव को। कोल्हुआँ में उनकी ससुराल थी और वहाँ के लोग अपने पाहुन को अपने वोट का उपहार देना चाहते थे।

मोहली राउत के भाइयों का परिवार बिरादरी के दबाव के चलते खुलकर विरोध कर नहीं सकता था, सो चुप्पी थी। रोहित और उनके संगी-साथी मोहित के बॉडीगार्ड थे। मोहित के टाटा सूमो के आगे फटफटिया पर सवार,...ज़ेब में फुटफुटिया लिये। यह मोहित सिंह यादव की रणनीति का हिस्सा भी था। वह रोहित को चुनाव के दौरान अकेले नहीं छोड़ना चाहते थे। उन्हें डर था कि अगर अकेले इलाक़े में घूमेंगे रोहित तो अनर्थ भी कर सकते हैं। कब किस बात पर किससे उलझ जाएँ, इसका कोई भरोसा नहीं! साथ रहेंगे तो कम से कम क़ाबू में तो रहेंगे।

चुनावी बिगुल बजते ही मोहली राउत के घर-आँगन और दरवाज़े का मौसम बदल गया। दरवाज़े पर दिन-रात लोगों की भीड़ जुटी रहती। आने-जाने वालों का ताँता लगा रहता। असलहों के साथ झुंड के झुंड मोटरसायकिल सवार आते। सुबह से देर रात तक गाड़ियों का आना-जाना लगा रहता। मोहित की महतारी, बहू और बहन के पास दम मारने की फ़ुरसत नहीं थी। मुँह अँधेरे जो चूल्हा सुलगता, सो देर रात में सिराता। मोहली राउत को मोहित-बहू पर ममता उमड़ती। दो साल के बेटे को गोद में लिए सास और ननद के साथ घिरनी की तरह नाचती रहती थी।

चुनाव में सब व्यस्त थे—घर-परिवार,...गाँव-जवार। बस एक मोहली राउत थे कि इस चुनाव की गहमागहमी में भी जिनकी दिनचर्या पर कोई ख़ास असर नहीं था। वही भोर में जागना...माल-मवेशी को सानी-पानी देना,...दिशा-मैदान से फ़ारिग़ होने के लिए निकलना और खेत-बधार देखते हुए वापस घर लौटना। फिर खेती-गृहस्थी के नाना झंझट। ऊपर से सब कुछ पहले की तरह सहज और थिर था, पर

भीतर ही भीतर मोहली के मन में चिन्ता और भय भाँवर काटते। वह अपने मन को समझाते-बुझाते।...अपने ही अपशगुन सोचते और अपने को ही मन ही मन धिक्कारते। पल-छिन के लिए एकांत मिलता तो दोनों हाथ जोड़कर माथा नवाते हुए देवी-देवताओं को गुहारते। ऐसा पहले कभी नहीं हुआ था। मन के इतने कमज़ोर कभी नहीं रहे वह। जीने का साहस ही था कि हर हाल में खरी-खरी सोचते-बोलते हुए जीते रहे। कभी नाइंसाफ़ी नहीं की और न नाइंसाफ़ी करनेवालों का साथ दिया। पट्टीदारों की रार और बेईमानियों को सहते रहे पर आगे बढ़कर उनके साथ कभी रार नहीं किया और न ही गाँव-जवार में किसी से अपना दुखड़ा सुनाया।

घर से निकलने से पहले मोहित उन्हें रोज़ खोजते। 'निकल रहे हैं बाबू।' कहते और चल देते। यह कोई नया सिलसिला नहीं था। रोहित के विपरीत यह मोहित की आदत में शामिल था। मोहली राउत अगर दरवाज़े पर नहीं होते, तो वह अपनी महतारी को आवाज़ देते और कहते, 'बाबू को बोल देना कि हम निकल गए।' आँगन से निकलते हुए वह अपनी महतारी, पत्नी सुधा और बहन हेमा से पूछ चुके होते थे कि—'कुछ लाना है?'

उस दिन सुधा ने कहा था—"अभी आपको फुरसत है कुछ लाने की...लिस्ट बना रहे हैं सबकी ओर से...इलेक्षन का रिजल्ट आने के बाद...।"

"रिजल्ट आने के बाद सब लिस्ट कैंसिल हो जाएगा और हेमा कुमारी के ससुराल वालों का लिस्ट...।" मोहित ने परिहास किया और हेमा की ओर देखकर मुस्कराते हुए निकले। लाख जल्दबाज़ी हो, हेमा पर लाड़ लुटाए बिना या उसे छेड़े बिना कभी घर से बाहर नहीं निकलते थे मोहित। सुधा को मालूम था कि वह हेमा के बयाह का मन बना चुके थे और सीवान ज़िला न्यायालय के वकील धुरन्धर यादव के बेटे के लिए बात भी चला रहे थे। पर सुधा नहीं चाहती कि अभी हेमा का ब्याह हो। चुनाव की गहमागहमी ख़त्म हो और इस चक्रव्यूह से निकल जाएँ उसके साहेब, तब वह बात करेगी उनसे। सुधा की हर बात बहुत ध्यान से सुनते हैं मोहित। उसकी बात जँच जाए तो मानते भी हैं। सुधा चाहती थी कि हेमा और पढ़े। घर के लोगों का रोज़ सीवान आना-जाना लगा हुआ है। भगवान ने चाहा और अगर चुनाव जीत गए साहेब तो सीवान में डेरा डालना ही होगा। फिर तो गाँव से रोज़ सीवान आने-जाने का झंझट भी नहीं रहेगा और हेमा अपनी पढ़ाई जारी रख सकेगी। अच्छा लड़का हाथ से निकल जाने का डर हो तो रिश्ता तय कर वर-छेंकाई कर दिया जाए और ब्याह हेमा की पढ़ाई पूरी होने तक टल जाए। लड़का भी तो अभी पढ़ ही रहा है।

उस दिन मोहित सिंह यादव जब घर से बाहर निकले, दरवाज़े पर समर्थकों और कार्यकर्ताओं की भीड़ थी। मोहित ने इलाक़े की गतिविधियों की सूचना ली

और चुनावी माहौल की नब्ज़ टटोलकर कार्यकर्ताओं से राय-मशविरा किया। दिन भर के दौरे का रूट तय किया। आज की साँझ मधवापुर में मीटिंग तय थी। मीटिंग के बाद वहीं रणविजय सिंह के यहाँ कार्यकर्ताओं सहित उनका रात का भोजन भी तय था। उन्होंने अपने बाबू को आवाज़ दी। मोहली राउत इनार के चबूतरे पर बैठे दातुन कर रहे थे। मोहित उनके पास आए। रीढ़ की पीड़ा का हाल पूछा। क्या बोलते मोहली राउत! बस, 'ठीक है...', कहकर चुप लगा गए। मोहित बोले— "दवाई मत छोड़ना बाबू। हफ़्ता-दस दिन की बात है। चुनाव के चक्कर से निबट लें, फिर पटना ले जाकर दिखा देंगे।"

बंगाली डॉक्टर की दी हुई दवाएँ खाते रहने का इसरार करते हुए मुड़े ही थे मोहित कि मोहली राउत ने टोका—"आज मधवापुर में...।"

"हूँ, साँझ को मीटिंग है।...रणविजय बाबू के यहाँ भोजन है कार्यकर्ता लोगों के साथ।" मोहित उत्साहित थे।

"समझदारी से...चौकस रहना...!" मोहली राउत के चेहरे पर चिन्ता की गहन छाया थी।

"...कुछ बात है क्या?" चौंके मोहित।

"ना...बस मधवापुर है इसलिए बोल रहे हैं।" मोहली राउत की आवाज़ काँप रही थी।

"बाबू, तुम बेकार डर रहे हो।...हम दुधपिउआ बच्चा थोड़े हैं! राजनीति कर रहे हैं...। भगवान पर भरोसा रखो। सब ठीक-ठाक पार लग जाएगा।"

अपने बाबू को आश्वस्त करते हुए मोहित सिंह यादव इनार के पास से मुड़े और सहन में खड़ी टाटा सूमो पर सवार होकर निकल गए। अपने दल-बल के साथ उनके आगे थे रोहित सिंह यादव। पीछे भी कार्यकर्ताओं की कुछ मोटरसायकिलें थीं। क़ाफ़िले से रौंदी गई धरती से ग़ुबार उठा। उड़ती हुई धूल मोहली राउत तक पहुँची। क़ाफ़िला निकलते ही मोहित के बेटे को अपनी गोद में लिये हेमा घर से बाहर निकली। उड़ती धूल के पर्दे में दूर जाते क़ाफ़िले की छाया की ओर अँगुली से संकेत कर वह बच्चे को उसके पिता को दिखाने का भरम रच रही थी। बच्चा अपने पिता के लिए ठुनक रहा था।

रात हुई। वह चैत महीने के अमावस की रात थी। आकाश में गजर-बजर पसरे थे तारे। अभी-अभी गुज़रे फागुन की गमक लिये झिर-झिर बह रही थी हवा। चैत की यह हवा दिन में तपती और आधी रात होते-होते सिहराने लगती। रबी की फ़सल कट चुकी थी। टिकोलों से लदे थे आम के पेड़। थोड़ी ही देर पहले मोहली राउत बाग़ीचे से लौटे थे। आम के दिनों में देर रात बाग़ीचे का एक चक्कर लगाना उनकी आदत में शामिल था। मोहली का मानना था कि जब फलों के बोझ से लदे-

झुके हों गाछ-बिरिछ, उनका हाल-समाचार पूछते रहना चाहिए।

उस रात मोहित सिंह यादव घर नहीं लौटे। उनके बदले रसूलपुर और मधवापुर के बीच बने नहर के पेट से उठीं हाहाकार की आवाज़ें अरजल पहुँचीं। मोहली राउत दरवाज़े के सामने सहन में खटिया बिछाए आसमान निहार रहे थे कि मोबाइल फ़ोन बजने की आवाज़ आँगन से आई और फिर तत्काल ही ज़ोरदार झटके से सदर दरवाज़ा खुला। चीख़ते हुए निकले रोहित और फटफटिया भड़भड़ाते हुए भागे। वह चिल्लाकर पूछते रह गए कि बात क्या है, पर न रोहित ने उनका सवाल सुना और न ही जवाब दिया।...और देखते-देखते अरजल में हलचल मच गई।

उस साँझ मधवापुर में मोहित सिंह यादव की ज़ोरदार सभा हुई थी। राजपूतों-पंडितों को छोड़कर शेष बरन के लोगों की भारी भीड़ जुटी थी। कुछ राजपूतों और पंडितों को रणविजय सिंह ने अपने प्रभाव से तोड़ा ज़रूर था, पर ऐसे लोग खुलकर सामने आने को तैयार नहीं थे। सभा के बाद रोहित भाई को लेकर तत्काल निकल जाना चाहते थे, पर मोहित नहीं माने। भोजन के बाद सब लोग निकलने को तैयार हुए, तो मोहित ने कुछ देर और रुककर रणविजय सिंह से बतियाने की इच्छा प्रकट की और रोहित को घर लौटने को कहा। रोहित तैयार नहीं थे, पर मोहित की बात टालना भी उनके लिए सम्भव नहीं था। रोहित ने अपने दल से चार गनर्स को टाटा सूमो में बिठा दिया और होशियारी से साथ आने का निर्देश जारी कर अरजल के लिए निकल गए।

बहुत देर तक दोनों दोस्त बतियाते रहे। पहले चुनाव पर चर्चा चली और फिर गोरखपुर के कालेज के दिनों को याद कर दोनों ने ठहाके लगाए। आधी रात जब बीती, मोहित सिंह यादव बाहर निकले। असलहों से लैस टाटा सूमो में सवार होकर विदा हुए। मधवापुर से बाहर निकलते ही जैसे गाड़ी नहर के पुल पर पहुँची, नहर के पेट में पसरे अँधेरे से हत्यारों ने निकलकर घेर लिया। सब हथियारों से लैस थे। हमला चौतरफ़ा था। दोनों ओर से गोलियाँ चलीं। टाटा सूमो में सवार मोहित सिंह यादव सहित सभी छः लोग मौक़ा-ए-वारदात पर ही ढेर हो गए। गोलियों की आवाज़ें मधवापुर और रसूलपुर में ही नहीं अरजल भी पहुँचीं। नहर के पुल से थोड़ी दूर पर हाल के सालों में बाहर से आकर बसे मधवापुर के नटों ने भागते हत्यारों का पीछा किया, पर वे उनकी ज़द से निकल चुके थे। मिनटों में आग की लपटों की तरह पूरे इलाक़े में ख़बर फैल गई। नींद से चौंककर अचानक जगे लोगों का नहर के पुल पर ताँता लग गया। हत्या का कारण साफ़ था। मधवापुर के राजपूतों-पंडितों से लेकर रसूलपुर के मौजूद ख़ाँ तक सन्देह के घेरे में थे। मोहित के बड़का बाबू नरसिंह यादव के बेटे मनोज यादव का नाम भी कनफुसियों में

उभरता, पर लोग अपनी ज़ुबान दाब लेते।

पूरे ज़िले में अफ़रा-तफ़री मच गई। इत्तला होते ही पचरुखी थाना के सिपाहियों ने घटना-स्थल को अपने घेरे में ले लिया। सुबह तक लाशें पड़ी रहीं। सुबह होते ही ज़िले के आला अधिकारी पहुँचे। पोस्टमार्टम के लिए लाशें ज़िला अस्पताल गईं और साँझ तक मोहित सिंह यादव की लाश अरजल पहुँची। 'जब तक सूरज चाँद रहेगा, मोहित तेरा नाम रहेगा' जैसे गगनभेदी नारों के साथ सैकड़ों लोगों की भीड़ साथ थी।

मोहली राउत के आँगन में अरजल की औरतें रोती-बिलखती हुई जमा थीं। मोहित की महतारी बार-बार सदर दरवाज़े की भीड़ को चीरकर बाहर निकलती और सहन में रखी बेटे की लाश से लिपट जाती। लोग उसे जबरन खींचकर आँगन में ले जाते। हेमा पगली की तरह बाल बिखराए कभी आँगन में चीखती-चिल्लाती, तो कभी बाहर। कभी बड़े भाई की लाश पर लोटती, तो कभी छोटे भाई से लिपटकर रोती और बेहोश होती। औरतों का एक झुंड सुधा को अपने घेरे में लेकर जैसे-तैसे सम्भालते हुए मोहित की लाश तक आया। पत्थर की बेजान मूर्ति-सी सुधा अपने पाँव घसीटती पहुँची और पति की लाश पर कटे पेड़-सी औंधे मुँह गिरी। भीड़ से कोई बोला—'रो लेने दो उसे जी भर!' पर उसके रोने की आवाज़ किसी ने नहीं सुनी। उसकी आँखों के समन्दर का पानी सदमे की आग में जल चुका था और हलक़ की आवाज़ दुखों के पहाड़ तले दब गई थी। वह कुछ देर तक वैसे ही औंधे मुँह पति की लाश पर पड़ी रही। फिर किसी ने अँकवार में भरकर उठाया और मिल-जुलकर खींचती हुई औरतें उसे घर के भीतर ले गईं। रात से अब तक की भाग-दौड़, पुलिस-अस्पताल और गाँव-जवार की भीड़ से गुज़रकर रोहित सिंह यादव ऊपर से ही सही स्थिर हो गए थे। उनकी आँखें मनोज यादव को ढूँढ़ रही थीं। चचेरे भाइयों ने दाह-संस्कार की तैयारियों का ज़िम्मा सम्भाल लिया था।

सहन में खड़े नीम के तने से पीठ टिकाए, पालथी मारे, ज़मीन पर बैठे मोहली राउत नि:शब्द ईश्वर की लीला निहार रहे थे। किसी औरत ने मोहित के बेटे को लाकर उनकी गोद में डाल दिया था। वह कभी उसका चेहरा निहारते, तो कभी आते-जाते लोगों को निहारते। अचानक उठे मोहली राउत और रोहित के पास जाकर पूछा—"इलेक्षन जीत गए का मोहित?"

लोग अचम्भित थे। भीड़ से ही किसी ने कहा—"हूँ जीत गए।"

एक विक्षिप्त मुस्कान मोहली राउत के होंठों पर नाच गई। उन्होंने मुड़कर फिर मोहित की लाश की ओर देखा और वापस उसी जगह जाकर बैठ गए।

दूसरे दिन की सुबह मोहित सिंह यादव का दाह-संस्कार हुआ। मोहली राउत

ने बेटे को मुखाग्नि दी। चुनाव स्थगित हो गया। तेरहवीं के दिन श्राद्ध के भोज में भारी भीड़ जुटी। कुछ प्रदेश स्तर के नेता भी पटना से आकर शामिल हुए। इस बीच बाक़ी क्षेत्र के चुनाव सम्पन्न हुए और इस क्षेत्र के लिए चुनाव की नई तिथि की अधिसूचना जारी हुई। ऐसी राजनीतिक हत्याओं के बाद जैसा कि अमूमन होता है, स्व. मोहित सिंह यादव के पक्ष में सहानुभूति की लहर थी। रोहित अपनी उम्मीदवारी चाहते थे, पर मोहित समर्थकों की राय थी कि श्रीमती सुधा सिंह यादव चुनाव लड़ें। मोहित की मौत ने किशुन राउत के परिवार को नए सिरे से जोड़ा था। परिवार में समीकरण बदल रहे थे। जिस मनोज यादव को भाई की हत्या के सिलसिले में रोहित शक की निगाह से देख रहे थे, वह विधवा भाभी के पक्ष में खड़ा था। रणविजय सिंह भी सुधा की उम्मीदवारी के पक्ष में थे। वह रोहित सिंह यादव को फूटी आँखों नहीं सुहाते थे। रोहित ने अपने भाई के सामने रणविजय सिंह का विरोध किया था और भीतरघात की सम्भावना भी व्यक्त की थी। इस बात पर उन्हें मोहित से डाँट-फटकार मिली थी और कई दिनों तक वह उद्विग्न रहे थे। आज भी रोहित सिंह यादव का मानना था कि रणविजय सिंह ने उनके भाई के साथ भीतरघात किया है। हत्या की योजना में रणविजय शामिल हैं और उस रात उन्होंने जान-बूझकर देर तक भाई को रोका। रोहित चाहते थे रणविजय सिंह को हत्या के आरोपियों में नामजद करना, पर समर्थकों के दबाव में ऐसा कर नहीं सके। सुधा ने भी पुलिस को बयान देते हुए इस सम्भावना को साफ़-साफ़ नकार दिया था। छटपटाकर रह गए थे रोहित सिंह यादव। वह चाहकर भी रणविजय सिंह पर इस मामले में फन्दा नहीं कस सके। हालाँकि, उनके कलेजे में यह फाँस अटकी हुई है और रात-दिन उन्हें बेचैन किए रहती है। कोल्हुआँ सुधा सिंह यादव का नइहर था। सुधा के बदले रोहित सिंह यादव की उम्मीदवारी पर मामला उलट सकता था। दामाद का छोटा भाई उनकी बेटी का हक़ मार ले, यह सुधा के पिता और कोल्हुआँ के सरपंच रामप्रीत यादव को मंजूर नहीं था। अन्ततः श्रीमती सुधा सिंह यादव ने अपनी उम्मीदवारी का पर्चा दाख़िल किया और हाथ मलते रह गए रोहित सिंह यादव। इस पूरे मामले में मोहली राउत तटस्थ बने रहे। इस बात को लेकर भीतर ही भीतर उनका मन ज़रूर डोलता रहा कि आज तक जो औरत घर के बाहर नहीं निकली, वह इस मुसीबत की घड़ी में कैसे पार निकलेगी इस भँवर से! हालाँकि उन्हें रोहित से ज़्यादा अपनी बहू पर भरोसा था। रोहित से उन्हें डर लगता था। रोहित से उनकी बातचीत बहुत कम होती। बाप-बेटा दोनों एक-दूसरे से बचते।

चुनाव की व्यवस्था रोहित के हाथ में थी, पर उनके करने के लिए कुछ ख़ास नहीं था। रामप्रीत यादव ने चुनाव-रथ के तमाम घोड़ों की लगाम अपने हाथ में

थाम ली थी। बेटी के सिर पर अपनी हथेलियों की छाँह किए वह क्षेत्र के हर गाँव में घूमे। रामप्रीत ऐसे हालातों में चुनाव का गणित समझ रहे थे। मोहित सिंह यादव से रणविजय सिंह की दोस्ती के प्रति उनके मन में आदर-भाव था। मनोज यादव को उन्होंने रोहित सिंह यादव की काट के तौर पर अपने निकट रखा था। रोहित पर उनकी सतर्क नज़र थी। वह इस बात के लिए तैयार थे कि मूड़ी गोते चलेंगे रोहित तो ठीक, पर अगर फन निकालेंगे तो...।

श्रीमती सुधा सिंह यादव भारी बहुमत से चुनाव में विजयी हुईं। इस बीच अरजल ने जो कभी नहीं देखा था, वह सब देखा। अपने गाँव के धूल भरे आकाश के ऊपर नए सितारे का उदय,...अस्त,...विपत की काली बदरी और इस काली बदरी को भेदकर फिर से उदित होते नए सितारे को अरजल के लोगों ने देखा। इस सितारे की रोशनी से पूरे गाँव-जवार की आँखों में चमक भरने लगी थी। चुनाव जीतने के तत्काल बाद सुधा सिंह यादव ने क्षेत्र के पाँचों पंचायतों के हर गाँव की पैदल-यात्रा की। घर-घर घूमीं। चुनाव के समय वह मधवापुर नहीं गई थीं, पर जीत के बाद वह मधवापुर के उन टोलों में भी गईं, जिनके लोग मोहित सिंह यादव की हत्या में नामजद थे। रणविजय सिंह साथ थे। सुधा सिंह यादव ने मधवापुर में नहर के किनारे अपने पति की मूर्ति लगाने और स्मारक बनाने का ऐलान किया। जिस दिन सुधा ने मधवापुर की यात्रा की, उस दिन रोहित सिंह यादव पहले तो दोनों हाथों से अपने सिर के केश नोचते रहे। फिर बदहवास हालत में फटफटिया भड़भड़ाते हुए रामप्रीत यादव के दरवाज़े पर जा पहुँचे। रामप्रीत से कहा—"अपनी बेटी को समझाइए-बुझाइए।...हमारे बाप-दादा की पगड़ी उछालते फिर रही है।...मेरे भाई की लाश पर राजनीति करना बन्द करे।...अगर ऐसे ही चलता रहेगा तो हम एक दिन लाचार होकर...।"

रामप्रीत मुस्कुराए, जैसे वे इस घड़ी के इन्तज़ार में हों। धीरज के साथ नरम जुबान से बोले—"बबुआजी, अब इसमें हम का कर सकते हैं? हम तो आपके घर में बेटी ब्याह दिए। अब सुधा पहिले मोहली राउत की पतोहू है,...मेरी बेटी तो बाद में...। हमरी राय है बबुआ कि जाकर अपने बाप के सामने गुहार लगाओ। तुम्हारे घर का अंदरूनी मामला है, इसमें हमको मत खींचो।"

सन्न रह गए रोहित सिंह यादव। लगा, जैसे रामप्रीत यादव ने उनके गाल पर झन्नाटेदार तमाचा जड़ दिया हो। वह फुँफकारते हुए उठे। रामप्रीत यादव ने कहा—"बिना भोजन किए मत जाओ बबुआ। दामाद के भाई हो,...पाहुन हो,...बिना खाए चले गए तो मेरा मान-मरजाद चला जाएगा।...रुक जाओ बबुआ।"

पर रोहित सिंह यादव को न रुकना था, और न वह रुके। मोटरसायकिल भड़भड़ाते हुए निकल गए। रामप्रीत यादव की आँखें धूल उड़ाती मोटरसायकिल के

पीछे तब तक चिपकी रहीं, जब तक वह ओझल न हो गई।

देवर-भाभी के बीच दूरियाँ बढ़ती जा रही थीं। इस बीच सुधा सिंह यादव ने ज़िला मुख्यालय सीवान में किराए का मकान लिया। यह तय किया कि मैट्रिक की परीक्षा के बाद हेमा उनके साथ सीवान में रहेगी और कॉलेज में बी.ए. तक की आगे की पढ़ाई पूरी करेगी। मोहली राउत गाँव पर अकेले हो जाते इसलिए सास का सीवान रहना उचित नहीं था, सो सुधा ने अपनी माई को कोल्हुआँ से कुछ दिनों के लिए सीवान बुला लिया ताकि बच्चे की देखरेख होती रहे। हेमा का आना-जाना लगा रहता। सुधा सिंह यादव सप्ताह में एक-दो बार गाँव ज़रूर आतीं। रात में बच्चे के चलते रुक नहीं पातीं, पर आकर सास-ससुर की देखभाल करतीं। जब कभी बच्चे को लेकर आतीं घर की हवा बदल जाती। उन्होंने रोहित के ब्याह की बाबत ससुर से बातें कीं। मोहली राउत भी चाहते थे नया संवत् शुरू होते रोहित के ब्याह से निबटना। उन्होंने मोहित की महतारी के माध्यम से रोहित तक यह सन्देश भी पहुँचवाया, पर बात बनी नहीं।

मोहित के जाने के बाद मोहली राउत की आँखों की रोशनी कम हो रही थी। रीढ़ की चिलकन भी बढ़ गई थी। हेमा ने जब अपने बाबू के स्वास्थ्य को लेकर सुधा सिंह यादव के सामने चिन्ता प्रकट की, उन्होंने तत्काल सीवान ले जाकर बंगाली डॉक्टर को दिखाया। पहले मोहित भी उन्हें बंगाली डॉक्टर को दिखा चुके थे और उसकी दवा ने काम किया था। मोहली राउत जाना नहीं चाहते थे, पर सुधा ने उनकी एक न चलने दी। आँख के डॉक्टर के पास भी ले गईं। डॉक्टर ने ऑपरेशन का सुझाव दिया, पर ऑपरेशन के नाम पर मोहली राउत छान-पगहा तोड़कर भागने को तैयार हो गए। डॉक्टर ने इस हिदायत के साथ दवा दी कि दो-चार महीने में ऑपरेशन ज़रूरी है, नहीं तो आँखें जा सकती हैं।...मोहली राउत सोचते, क्या करेंगे अब इन आँखों का! अब बाक़ी क्या बचा है देखने को!...बस मोहित का बेटा है एक, जिसे देखकर जुड़ा जाती हैं आँखें।

साँझ हो रही थी। डूब रहे थे सुरुज देव। उनके अँजोर की जाती हुई ललछौंही छाया काँप रही थी। दिन भर उदास रहनेवाले नीम के पेड़ पर पंछियों की रोर मची थी। मोहली राउत ने गोहाल के सामने आग सुलगा दी थी। बरामदे में चौकी पर बैठे थे कि हेमा मोहित के बेटे को लाकर गोद में डाल गई। दोपहर में मोहित-बहू आई थी। हेमा ने ज़िद कर बच्चे को रोक लिया। नीम के पेड़ पर आते-जाते पंछियों का रेला लगा था। मोहित का बेटा पंछियों को निहार रहा था और मोहली राउत घर-

गृहस्थी के बारे में सोच रहे थे। मोहित-बहू का कहना है कि माल-मवेशी हटा दिया जाए। बस एक भुवरी रहेगी। दूध-दही का काम चलता रहेगा। अकेले खेती-बारी भी सम्भालना कठिन है, सो जात-बिरादरी में ही किसी को अधिया पर दे दिया जाए।

...अचानक आँधी की तरह फटफटिया भड़भड़ाते हुए रोहित पहुँचे। मोटरसायकिल स्टैन्ड पर टिकाया और मोहली राउत के सामने आकर गरजे—"बाबू!...अब हमसे सहन नहीं हो रहा।...कुल का मान-मरजाद सीवान में बैठकर लुटा रही है तुम्हारी पतोहू। रनबिजइया की रखेलिन बनी हुई है। जिस हत्यारे ने मेरे भाई की जान ली, उसी के साथ रंगरेली मना रही है...और ई साला मनोजवा...दगाबाज...हित बनकर गरदन काट रहा है। हमको मालूम है कि भाई के मर्डर में मनोजवा का भी हाथ है। इसको सारा प्लानिंग पता था।...मनोजवा साला दलाल बना हुआ है। रनबिजइया से मिलकर हमको बेइज्जत करता है।...उसका बाप...रमपीरीतवा साला भँड़ुवा है। बेटी की कमाई खा रहा है। उस हरामजादी रंडी को हम पर भरोसा नहीं है।...बाबू! अब अगर हम कुछ कर बैठें तो हम पर इल्जाम मत लगाना...।"

रोहित सिंह यादव जिस वेग से आए थे उसी वेग से चले गए। रोहित की आवाज़ सुनकर उनकी महतारी बाहर निकली। पूछा—"छोटका आया था का? काहे गरज रहा था?"

"हूँ...अपनी भौजाई को...!" किसी तरह इतना ही बोल सके मोहली राउत। उनका गला रुँध गया। हेमा अपनी महतारी के पीछे खड़ी थी। वह मोहित के बच्चे को लेकर भीतर चली गई।

रोहित सिंह यादव वायुवेग से चले जा रहे थे। उनकी आँखों के सामने राह और राह पर चलती सवारियाँ या लोग नहीं थे बल्कि, बार-बार नाच रहा था रणविजय सिंह और मनोज यादव का चेहरा और ज़िला परिषद के आफिस का दृश्य। आज उन सड़कों के लिए टेन्डर पड़ना था, जिन्हें ज़िला परिषद बनवाती है। जिस सड़क के लिए रोहित अपने ख़ास आदमी से टेन्डर डलवाना चाहते थे, उसी के लिए सुधा यादव के ख़ास आदमी के साथ मनोज यादव और रणविजय सिंह भी पहुँचे थे। मनोज यादव ने रोहित के आदमी को टेन्डर नहीं डालने दिया। पिस्तौल की नोक पर उसे ले गए और टेन्डर का समय ख़त्म होने तक ज़िला परिषद के ऑफिस के पीछेवाले गोदाम में बिठाए रखा। रोहित सिंह यादव वहाँ ख़ुद नहीं थे। अगर होते तो...! रोहित को जब ख़बर मिली, तब तक टेन्डर का खेल उनके हाथ से निकल चुका था। चुनाव के समय ही भाई की हत्या के बाद श्रीमती सुधा सिंह यादव की उम्मीदवारी ने रोहित सिंह यादव के पतंग की डोर काट दी थी। पर वह

नाजुक समय था। उस समय वह जुबान नहीं खोल सकते थे। तलवार की धार की तरह थे वे दिन। उन्हें लगा था, चुनाव के बाद वह धीरे-धीरे सम्भाल लेंगे सब कुछ। पर यह तो ज़हरीली नागिन निकली। राह रोककर खड़ी हो गई है। चस्का लग गया है इसको पावर का।...अब सह पाना मुश्किल है। दम घुटता है। अब आर-पार फ़ैसला करना होगा, चाहे बाबू को बुरा लगे या जाति-बिरादरी को।

रोहित सिंह यादव अपनी भावज के घर पहुँचे। श्रीमती सुधा सिंह यादव को उनके आने का अन्देशा था। वहाँ पहुँचकर उन्होंने लगभग वही सब कहा, जो अपने बाबू को सुनाकर आए थे। क्रोध वैसा ही धधकता हुआ...आवाज़ उतनी ही ऊँची और लहज़ा पहले से ज़्यादा बीभत्स। बस जाते-जाते एक नई बात उन्होंने जोड़ दी। दाँत पीसते हुए बोले—"और तुम जो पिलुआ पैदा की हो, उसके गुमान पर मत रहना। जा रहे हैं अरजल...चबा जाएँगे उसको भी।"

बिना कोई प्रतिवाद किए श्रीमती सुधा सिंह यादव उनको सुनती रहीं। पर अपने बेटे पर अपने देवर की इस टिप्पणी से उनके भीतर का ज्वालामुखी फूटने को उद्धत हो चला। जैसे करवट लेती है पृथ्वी, श्रीमती सुधा सिंह यादव मुड़ीं और मोबाइल उठाकर नम्बर डायल किया। भूडोल आया मानो। उन्होंने फ़ोन काट दिया। छिन भर को ठिठकीं। सोचा। फिर मोबाइल का री-डायल बटन दाबा। एस.पी. को सूचना दी कि उनके देवर रोहित सिंह यादव का उनके ही समर्थकों मधवापुर के रणविजय सिंह और उनके चचेरे देवर मनोज यादव के बीच टेन्डर को लेकर विवाद हो गया है और कुछ भी होने की सम्भावना है। एस.पी. को सूचना देने के बाद उन्होंने मनोज और रणविजय सिंह को फ़ोन लगाया। अरजल फ़ोन कर हेमा से कहा कि वह बाबू का ध्यान रखे और बबुआ को अपने और माई के बीच में सुलाए।

मोहली राउत ने खाना वापस कर दिया था। खाने के लिए इसरार करने बेटी आई तो उसे भी लौटा दिया। बोले—"हूल आ रही है। नहीं खा सकेंगे।...छोड़ दो हमको...चैन से मरने दो हमको।"

पीड़ा के अछोर समन्दर में डूबते अपने बाबू को चुपचाप कुछ देर निहारती रही हेमा और फिर घर के भीतर चली गई। मोहली राउत की छाती में उठती हूल बाहर आई। वह फफक पड़े। इतना जल गिरा उनकी आँखों से कि लगा, अरजल डूब जाएगा। कुछ देर बाद आँखों का जल छीज गया...फफकने की ध्वनि मद्धिम हुई। केवल हिचकियाँ उठ रही थीं। मोहली राउत ने धीरे-धीरे अपने पाँव समेटे और चौकी पर उठँग गए।...गुहाल के सामने की धुँआती आग बुझ चुकी थी। थसकिया मारकर बैठे मवेशी पागुर कर रहे थे। अचानक भुवरी उठी और डकरने लगी। मोहली राउत के बाग़ीचे के गझिन अँधियारे में तड़-तड़...तड़-तड़ गोलियाँ

चलीं। रात के सन्नाटे को चीरतीं गोलियों की आवाज़ें अरजल ही नहीं आसपास के गाँवों तक पहुँचीं। मोहली राउत ने भी गोलियों की आवाज़ें सुनीं। बाग़ीचे की ओर चारों तरफ़ से लोगों का रेला लग गया। मोहली उठे और अपनी लाठी टटोलने लगे। उन्हें कुछ दिख नहीं रहा था। मानो, आँखों की जोत आँसू के साथ बह गई हो।

श्रीमती सुधा सिंह यादव द्वारा मोबाइल पर एस.पी. को दी गई सूचना के आधार पर, दूसरे दिन पुलिस ने रोहित सिंह यादव की हत्या के आरोप में रणविजय सिंह और मनोज यादव को तफ़्तीश के लिए हिरासत में ले लिया। मोहली राउत के दरवाज़े पर जुटी भीड़ पोस्टमार्टम के बाद लाश लेकर श्रीमती सुधा सिंह यादव के लौटने का इन्तज़ार कर रही थी। मोहली राउत अपने ओसारे की चौकी पर बैठे थे। उन्हें सबकुछ धुँधला दिखाई दे रहा था। लोग-बाग, पेड़-पौधे, माल-मवेशी...सबकी छायाएँ दिख रही थीं। मोहली राउत की रीढ़ फिर चिलकी।

(शुक्रवार, साहित्य वार्षिकी 2012)

द्रुत विलम्बित

पारुल लहराती हुई घर में घुसी। मानो पंख लग गए हों उसको। वह विज्ञापन में दिखनेवाली उस लड़की की तरह उड़ रही थी, जो अपनी हथेलियों से कबूतर उड़ाती है।

पारुल ने अपने बैग को उड़ा दिया। बैग जाकर पलंग से टकराया, फिसड्डी बम की तरह। किताबों-कापियों और अगड़म-बगड़म से भरे बैग से एक अजीब-सी आवाज़ हुई। वह अपनी दीदी से टकराते-टकराते बची और फिर दीदी के गले में बाँहें डालती हुई झूल गई। बोली—"उन्हें सुनना एक विलक्षण अनुभव है दी।...एक ऐसा अनुभव, जो जीवन भर की थाती बन जाए।...ऐसी स्मृति, जिसे कोई भी अपना सबकुछ खोकर बचाना चाहे।...जानती हो दी, वह जब बोल रहे होते हैं, आनन्द की अनुगूँजों से भरी एक ऐसी दुनिया में लेकर चले जाते हैं, जहाँ से जल्दी लौटना सम्भव नहीं।..."

वह अपनी रौ में थी। अब यह सिलसिला नया नहीं था। विश्वविद्यालय से आते ही वह 'सर-पुराण' में लग जाती और हाल-फिलहाल में पढ़ी हुई किताबों की भाषा में बातें करती।

"सब्ज़ी गरम कर दूँ?" शुभा ने बहन के विलक्षण अनुभव के प्रति तटस्थता बनाए हुए पूछा।

"दी,...थोड़ी देर रुको तो सही।...तुम मेरी बातें नहीं सुनती हो आजकल।...पहले मेरी बातें सुनो,...फिर सब्ज़ी।" बाईस साल की पारुल नन्ही-सी बच्ची की तरह ठुनक उठी।

शुभा ने जबरन एक नकली और फीकी मुस्कान अपने चेहरे पर चस्पाँ की। बोली—"चल, सुना अपने विलक्षण अनुभव के बारे में।..."

"जाओ, नहीं सुनाती मैं।...तुम मेरा मज़ाक उड़ा रही हो। मैं जब भी सर के बारे में बातें करती हूँ, तुम कोई न कोई काम लेकर बैठ जाती हो...तुम्हें अच्छा नहीं लगता।"

"सुन तो रही हूँ तेरी बातें।...अब कैसे सुनूँ?...बता?"

"ऐसे नहीं।"

"तो कैसे?"

"ऐसे...।" और वह शुभा के गले में बाँहें डालकर झूल गई।

अपने ऊपर लदी जवान लड़की की लहराती हुई देह के बोझ से तनिक झुक गई शुभा। कमर में हल्की-सी चिलकन हुई। "ऊफ़!...अच्छा चल,...पहले खा ले।"

शुभा अब थकने लगी है। उसके और पारुल के बीच उम्र का फ़ासला भी तो है। तेरह वर्षों का फ़ासला। वैसे पैंतीस की उम्र कोई ऐसी उम्र भी नहीं होती कि देह साथ देना छोड़ने लगे। पर मन की थकन जब देह पर तारी हो जाती है, उम्र साथ नहीं देती। अपने आप टूटने लगती है देह। तेरह की उम्र से वह सम्भाल रही है पारुल को। अम्मा तो देख भी नहीं सकीं पारुल को। जन्म देकर विदा हो गईं। बाईस की हुई पारुल। उसके और पारुल के बीच में है विभास। दस साल के भाई और नवजात बहन को पालते-पोसते उम्र ऐसे बीती कि...। और पिता भी तो शिशु ही थे। पारुल को जनमती हुई अम्मा के अनायास चले जाने को वह जीवन भर सहजता से नहीं ले सके। इसे अपना ही अपराध मानते रहे और पीड़ा की गठरी ढोते रहे। कई बार तो वह अपने भीतर उठती पीड़ा की लहर से इतना आकुल हो जाते थे कि उन्हें सम्भालना कठिन होता था। शुभा का मन इस बात को नहीं मानता कि जीने और मरने का सम्बन्ध पीड़ा से होता है। प्रेम ही होता है पीड़ा का संगी-साथी। इसी की डोर में बँधकर संग-साथ जीना सम्भव होता है। जाने के बाद यही डोर जब-जब तनती है पीड़ा की लहरें उठती हैं। अम्मा के जाने के बाद पिता पीड़ा की वन्या में डूबते-उतराते रहे अपने अन्तिम दिन तक।

शुभा ने रोटियाँ सेंकीं।...सब्ज़ी को गरम किया। और दोनों बहनें खाने बैठीं। फागुन महीने की दोपहर थी। बदलते हुए मौसम की अफ़रा-तफ़री में तेज़ हवा, जाती हुई ठंड और आती हुई गरमी; सब आपस में उलझी हुई थीं। धूप के चमकते हुए कुछ टुकड़े खिड़की पर टँगे पर्दों की दरारों के रास्ते आकर कमरे के फ़र्श पर बिछ गए थे और अबरख़ की तरह झिलमिल कर रहे थे।

वह अभी-अभी यहाँ से गया है।

हमेशा की तरह घूँट-भर काली चाय उसके कप में पड़ी है, जिसे वह आदतन छोड़ गया है। उसके मौजूद होने का अहसास एक भीगे हुए कम्पन की तरह यहाँ

पसरा हुआ है। उसका होना, सचमुच एक विलक्षण अनुभव की तरह इस कमरे में सजीव है। उसकी आवाज़ की अनुगूँज के उत्कट आनन्द और बात-बात पर खुलकर ठहाके लगाने की उसकी अदाओं के जादू से उबरना एक मुश्किल काम है।...शुभा अभी सरापा डूबी हुई है। न चाहते हुए भी यह डूबना उसे अच्छा लग रहा है।

वह जब बोल रहा होता है, उससे असहमत नहीं हुआ जा सकता। तमाम असहमतियों को वह अपने जादू से ढक लेता है। पारुल जिस विलक्षण अनुभव की बात करती है, उस अनुभव से शुभा असंख्य बार गुज़री है। उस अनुभव की तासीर महसूस करती रही है। बस यही एक अनुभव तो है जिसने... । विचित्र है यह अनुभव। जैसे ही इसके उत्कट आनन्द का जादू छँटता है, वह मन के अतल से बाहर निकलकर दूर खड़ा दिखता है; जैसे कोई प्रिय वस्तु मुट्ठी से छिटककर पहुँच से दूर चली गई हो और आपकी पकड़ की ताक़त को मुँह चिढ़ा रही हो। फिर उसकी आवाज़ की अनुगूँज किसी बीहड़ स्वर में बदल जाती है, पहाड़ों के टूटने, गिरने, धँसने वाली आवाज़ की तरह। शुरुआत के दिनों में वह भी पारुल की तरह ही,...पर बाद में जब उसके रचे उत्कट आनन्द के गर्भ से प्रकट हुए इस बीहड़ को उसने जाना, तब से अब तक वह किसी एक छोर तक पहुँचने के लिए भटक रही है।

आज वह कई महीनों के बाद आया था। इसके पहले, जब पारुल ने बी. ए. की परीक्षा पास की थी, ठीक रिजल्ट के दिन आया था वह। अनायास ही आया था, पर पारुल के पास होने की ख़ुशी को ऐसे सेलिब्रेट किया उसने, मानो उसे युगों से प्रतीक्षा हो इस क्षण की। अपनी कायरता को उत्सव में बदल देना उसकी अदा रही है। अब तक ऐसे अवसरों पर वह चुप ही रहती आई है। सब कुछ जानते-बूझते हुए भी वह चुप रहती है और वह अपनी चालाकियों से आगे निकल जाता है,...बहुत आगे।

आज इतने महीनों के बाद आया था और अपनी उसी पुरानी अदा के साथ उसकी दाईं हथेली को अपनी दोनों हथेलियों के बीच दबाकर बातें करता रहा।...पारुल की बातें,...विश्वविद्यालय की बातें,...अपनी किताबों की बातें। बताता रहा कि पिछले साल कैंसर से हुई पत्नी की मृत्यु के बाद उसका जीवन किस तरह बदल गया है।...और देहरादून में पढ़ रहे छोटे बेटे और दक्षिण भारत के किसी दूरस्थ शहर में इंजीनियरिंग कॉलेज में इसी साल दाख़िला लेनेवाले बड़े बेटे की बातें करता रहा। दुनिया-जहान की बातें। शुभा की हथेली उसकी हथेलियों के बीच पसीजती रही और वह पसीजती हथेलियों के नमक से अनजान बातें करता रहा।

शायद वह अपने भीतर के किसी डर पर विजय पाने आया था!...पारुल का डर...डर इस बात का कि कहीं पारुल इस रिश्ते का सच तो नहीं जानती! वह समय को लेकर हमेशा सतर्क रहा है। यह चौकन्नापन उसकी आँखों से टपकता है। कब

आना और कब जाना है, हमेशा वही तय करता रहा है। वह अचानक ही अपने जाने की सूचना देते हुए उठता और चल देता। आज भी जैसे उसने तय कर रखा था कि उसे कब इस घर से निकल जाना है। उसे मालूम था कि पारुल के घर लौटने का वक़्त क्या हो सकता है।...वह जा चुका है अपने विलक्षण अनुभव सौंपने की कला की बिसात बिछाकर...।

पहली बार जब उसने बिसात बिछाई थी, शुभा एम. ए., दर्शनशास्त्र की छात्रा थी। अभी-अभी एडमिशन हुआ था और कुछ ही दिन हुए थे विश्वविद्यालय जाते। दर्शनशास्त्र विभाग को विश्वविद्यालय के लड़के महिला मंडल बुलाते थे उन दिनों। छात्राओं की संख्या ज़्यादा थी। दर्शनशास्त्र विभाग में फ्रेशर्स डे मनाया जा रहा था। सांस्कृतिक कार्यक्रम का आयोजन था। दूसरे विभागों के शिक्षक भी आमंत्रित थे। शुभा ने उस शाम राग यमन में माखननलाल चतुर्वेदी का एक गीत गाया था—आज नयन के बँगले में संकेत पाहुने आए री सखि। उसकी आवाज़ जब ऊपर उठी,...और उसने आरोह में तीव्र म लगाते हुए आलाप भरी...सारेग मप ध निसा..., वातावरण आह्लाद से भर उठा और लोग वाह-वाह कर उठे। अपना गायन समाप्त कर जब शुभा मंच से उतरी, वह सामने था। बेलौस अन्दाज़ में बोला—"लीजिए...एक पाहुन और हाज़िर है।"

शुभा अकबका गई। समझ नहीं सकी क्या जवाब दे...! क्या कहे! और उसने नज़रें झुका लीं।...पर वह कहाँ माननेवाला था! वह तो बिसात बिछा चुका था। फिर अपना अन्दाज़ बदलते हुए उसने कहा—"कुलाँचें भरकर पहाड़ी पर चढ़ती हुई मद भरी हिरनी की तरह ऊपर उठती है आपकी आवाज़। और नीचे आती है जब...जाकर सीधे लिपट जाती है प्राण से।...बहुत ख़ूब!...मैं इसी विश्वविद्यालय में अंग्रेज़ी पढ़ाता हूँ।"

उस शाम सामूहिक भोज के दौरान दर्शन विभाग के छात्र-छात्राओं के साथ दूसरे विभागों के शिक्षक भी शामिल थे। उसकी आँखें शुभा का पीछा करती रही थीं और शुभा की आँखें भागती रही थीं इधर-उधर।

"आप विधुशेखरजी की बेटी हैं?" वह फिर शुभा के सामने था।

"जी...!" शुभा की आवाज़ लरज़ रही थी।

"वाह! क्या मणिकांचन संयोग है!...चित्रकार पिता की संगीतज्ञ पुत्री।...और ऊपर से सोने में सुहागा की तरह दर्शनशास्त्र की छात्रा। है न?" वह शुभा को घेर रहा था। शह-मात के खेल में लगा हुआ था और उसके इस खेल से अनजान शुभा उसके सामने खड़ी थी।

"जी..." शुभा असमंजस में थी। पर जाने कैसे उसके होंठ खुले। "...आपको पढ़ा है मैंने...आपकी कविताएँ,...आपके लेख...।"

"अरे वाह! मैं तो सौभाग्यशाली निकला...वर्ना आज के समय में कौन पढ़ता है कविताएँ!...विधुशेखरजी को मेरा प्रणाम कहिएगा। मैं उनके चित्रों का घोर प्रशंसक हूँ।...दर्शनशास्त्र की गुत्थियों से फ़ुरसत मिले तो कभी अंग्रेज़ी विभाग की ओर आइए।...आपसे बातें करके अच्छा लग रहा है। चलता हूँ।"

और वह पलक झपकते अन्तर्धान हो गया था। मानो शुभा ही के लिए आया हो और अपना काम ख़त्म कर चला गया हो।

बस यहीं से शुरू हुआ था सिलसिला। आज तक नहीं समझ सकी शुभा कि क्या नाम दे इस रिश्ते को?...झिझक तो नहीं, पर दुविधा होती रही है उसे। यह दुविधा ही शायद शुभा की कमज़ोरी रही और वह इसे ही अपना हथियार बना उसे घेरता रहा...पराजित करता रहा।...उस दिन किसी नवजात की त्वचा की लालिमा अपने चेहरे पर लिये घर लौटी थी शुभा। मन काँप रहा था। देह काँप रही थी। सारी देह की त्वचा तनी हुई थी, जैसे बाएँ तबले की खाल हो और स्वप्न-लोक से झरती आवाज़ों से मिलकर बज रही हो। शुभा गिरती-पड़ती हुई घर पहुँची थी। आठ साल की पारुल से क्या बातें करती! पिता को क्या बताती वह!...बस बजती रही...बजती रही अनाघात। आधी रात में तानपुरा लेकर बैठ गई और काफी की बंदिश...आज रंग है री सखी...गाती रही। अपनी आँखें मूँदकर सारेग म प धनिसा के आरोह और सानिध प मग रेसा के अवरोह से खेलती रही शुभा। आँखें खुलीं तो पिता सामने बैठे थे। उसे गाते हुए सुन रहे थे।

एक सप्ताह बाद पिता के नए चित्र में अपने को पाकर लाज से दोहरी हो गई थी शुभा। अब तो नहीं, पर उन दिनों जब-जब उस चित्र को देखती उसकी साँसों की आवाजाही तेज़ हो जाती,...हलक़ सूखने लगता।...नृत्य की उत्ताप भरी भंगिमा में एक स्त्री-देह की छाया,...पृष्ठभूमि में समुद्र के गर्भ से उगते हुए सूरज की आभा का विस्तार,...जल-सतह को हिलकोरतीं लहरों के फेन में घुलकर उमगता हुआ कनक-रंग। समुद्र तट पर चारों ओर सोना ही सोना।...जल-सतह पर तट की ओर आते हुए पद्-चिह्न और तट की रेत पर समुद्र की ओर जाते हुए पद्-चिह्न।...और दूर,...बहुत दूर से तिरती हुई आती एक छोटी-सी नाव। जाने कौन सी दुनिया रची-बसी थी इस चित्र में जो शुभा को नई लगती!...वह आज याद करती है तो...। बिना किसी संवाद के ही पिता उसके मन को पढ़ लिया करते थे। बाद के दिनों में उन्होंने ख़ुद ही अपने इस चित्र को उलटकर दीवार से टिका दिया था।

बहुत कम बोलते थे शुभा के पिता। हाँ, अपने चित्रों में ज़रूर अपने को अभिव्यक्त करने से नहीं हिचकते। सुख हो या दुःख, मन का उछाह हो या मौन, या हों दुविधाएँ; विधुशेखरजी ने अपने चित्रों में इन्हें आने से कभी नहीं रोका। शुभा की अम्मा के जाने के बाद उनके चित्रों के रंग धूसर बने रहे। उन चित्रों में बजरी

से पटी नीरव पगडंडियाँ, जंगल की नीलिमा पर छाई हुई धुन्ध, पहाड़ों के अवसन्न शिखरों पर अटकी हुई मटमैली रोशनी के सिवा और कुछ भी नहीं देख पाती थी शुभा। उन दिनों वह अपने पिता के चित्रों से उपजे, गिरने को आतुर पीले पत्तों का उच्छ्वास, जाती हुई पगध्वनियों की आस, लताओं, झाड़ियों, पेड़ों के गझिन रन्ध्रों से हू-हू कर फूटते हुए सन्नाटे की आवाज़ को साफ़-साफ़ सुना करती थी। उससे मुलाक़ातों के बाद जब शुभा की ज़िन्दगी ने पहली करवट ली, विधुशेखरजी के चित्रों के रंग बदलने लगे और उनसे उपजती आवाज़ों का संसार भी बदल गया।...पर जैसे-जैसे दिन बीतते गए और शुभा की देह की तनी हुई त्वचा सिकुड़ने लगी, उसके पिता के चित्रों ने फिर अपना कलेवर बदला। दुविधा, प्रतीक्षा और अनहोनी की आशंका;...और भी बहुत कुछ,...एक दूसरे में उलझा हुआ, अस्पष्ट और अधूरा। इस दौर के आरम्भ होने के बाद से पिता के अन्तिम दिनों तक के सभी चित्र शुभा को आधे-अधूरे लगते हैं।

बेटी को गाते हुए सुनना उन्हें बेहद प्रिय था। शायद शुभा के स्वरों की बाँह पकड़ वह उसके मन और उसके जीवन के तिलिस्म में उतरने की कोशिशें करते थे। अन्तिम समय में उन्होंने अपना प्रिय निरगुन सुनने की इच्छा प्रकट की थी। अपने होंठों को कँपकँपाते हुए इशारे से शुभा को गाने के लिए कहा था। उसने तानपुरा लेकर भरे गले से गाना शुरू किया था—भोला मन जाने अमर मोरी काया...और जाने कब उनकी आँखें लग गईं!...और ऐसी लगीं कि...।

विभास की अनुपस्थिति में शुभा ने ही पिता को मुखाग्नि दी थी। वह अपनी पत्नी के साथ अमरीका में था। उसने फ़ोन पर कहा था कि वह श्राद्ध के दिन पहुँचने की कोशिश कर रहा है, पर उसे नहीं आना था, सो चार साल बीत गए अब तक नहीं आया। अब तो उसके फ़ोन भी साल में दो-चार बार ही आते हैं। पिछली बार फ़ोन पर उसने बताया था कि उम्मीद है जल्दी ही उसे यूएस का सिटीज़नशिप मिल जाएगा।

वह जा चुका है। अब जब भी आता है, उसके जाने के बाद शुभा के लिए कठिन होता है समय काटना। जैसे शान्त-थिर पोखर को कोई अपने पाँवों से हिलकोर कर जल को मटमैला कर दे, वैसे ही हो जाता समय उसके लिए। सेमल के पके फल-सी फटती हैं बीते हुए समय की गाँठें और बातें, घटनाएँ, आहत क्षण, ठिठकी हुई चाहतें—सब रुई लिपटे बीज की मानिन्द शुभा के इर्द-गिर्द उड़ने लगती हैं।

पारुल ने एम.ए. पास किया और शोध के लिए रजिस्ट्रेशन करवाया। शुभा ने सैंतीस की उम्र पार की। विभास और उसकी पत्नी को यूएस की नागरिकता मिल गई। दोनों कुछ ही महीनों पहले अपने पुरखों का देश देखने आए थे। दिल्ली आए और वहीं से केरल घूमने निकल गए। अपने शहर नहीं आ सके। दोनों ने बहुत ज़िद की और बार-बार फ़ोन करते रहे कि पारुल को साथ लेकर शुभा दिल्ली पहुँचे ताकि यूएस जाने से पहले मुलाक़ात हो सके, पर वह नहीं जा सकी। उसने पारुल से ज़रूर कहा कि अगर वह चाहे तो जाकर मिल आए, पर पारुल ने नकार दिया। विभास और उसकी पत्नी अपने घर नहीं आए पर उनके यूएस लौटने तक घर में एक अबोला पसरा रहा। शुभा और पारुल एक दूसरे से बतिया नहीं पा रही थीं। शुभा को बार-बार पिता याद आते रहे। उसे लगता, जैसे यह घर, घर नहीं आकाश का अनन्त विस्तार हो और पिता की अनश्वर आत्मा किसी पंछी की तरह अपने ठौर की तलाश की लीला रच रही हो। वह अपनी ख़ामोशी के साथ विभास के प्रति पारुल के भीतर उबलते क्षोभ का सामना करती और अपने दबे हुए आँसुओं को बेरोक-टोक बहने से रोकती। विभास ने स्वतंत्रता अर्जित कर ली थी। मुक्ति पा ली थी उन दोनों से। उसकी यह स्वतंत्रता,...उसकी यह मुक्ति शुभा को जितना आहत करती, उससे ज़्यादा दुश्चिन्ताओं से घेरती। विभास ही नहीं, वह भी लगातार अपनी स्वतंत्रता और मुक्ति का नाट्य रचता हुआ शुभा के पीछे छाया की तरह लगा हुआ था। शुभा के मन में सवाल उठते, क्या यह उनकी आत्माओं का विगलन है?...आत्महीन मनुष्य की स्वतंत्रता का जीवन के लिए क्या अर्थ?...वह हो या विभास, क्या ये लोग अपने जीवन में उस विराट अनुपस्थिति को कभी महसूस कर सकेंगे, जिसे ये स्वयं अर्जित कर रहे हैं? शुभा ने अवसाद की बदली को अपने भीतर की ऊष्मा से पिघलाकर अपने जीवन के लिए नमी पैदा करने का हुनर अब सीख लिया है। इस युद्ध में संगीत उसका साथ निभाता है, कभी साथी बनकर, तो कभी अस्त्र बनकर।...उसे केवल पारुल की फ़िक्र है। पारुल, जिसे उसने अपने कलेजे से सटाकर पाला है। जिस रोती हुई पारुल को वह बिना दूधवाले अपने क्वाँरे स्तनों से दूध पिलाने का भ्रम रच-रचकर चुप कराती रही है, उस पारुल की फ़िक्र है उसे। पहली बार रजस्वला होने पर जो पारुल सप्ताह भर तक भयभीत हिरनी की तरह उसकी छाती से चिपकी रही, उस पारुल की फ़िक्र शुभा की भूख और नींद में शामिल है।

शुभा के ड्राइंग रूम में सोफे नहीं थे। बेंत की एक आरामकुर्सी थी, जिसका अपने जीवनकाल में उसके पिता उपयोग करते थे। और बेंत के ही कुछ छोटे-छोटे मोढ़े थे। एक छोटे-से चौकोर तख़्त पर दो तानपुरों के बीच वाग्देवी की प्रतिमा थी। सामने की दीवार पर पिता की बनाई उसकी अम्मा का एक तैलचित्र

था। बहुत कम ऊँचाईवाला एक दीवान दीवार से सटा रखा हुआ था। इस दीवार पर पटना कलम चित्रशैली के अप्रतिम चित्रकार और विधुशेखरजी के गुरु ईश्वरी बाबू का बनाया एक चित्र टँगा था। विषय पारम्परिक होने के बावजूद इस चित्र में ग़ज़ब का आकर्षण था। एक हाथ में थाली लिये और दूसरे हाथ से आँचल सम्भालती, पूजा करने जाती, पर पीछे मुड़कर देखती हुई औरत। सामने मन्दिर, पर नज़र अपने पीछे-पीछे आते एक पुरुष की छाया पर। इस औरत की आँखों में जादू था। विधुशेखरजी अक्सर शुभा से कहते कि इसकी आँखों में एक महाकाव्य छिपा हुआ है।...एक नहीं कई-कई ज़िन्दगियों की कहानियाँ रची-बसी हैं इसकी आँखों में। उन दिनों शुभा को पिता का यह कथन अतिरेक से भरा लगता, पर अब उसे लगता है कि ऐसा भी हो सकता है। आँखों का विस्तार समुद्र की तरह अछोर हो सकता है या आँखों की गहराई पृथ्वी के अतल की तरह अनन्त हो सकती है क्योंकि शुभा ने उसकी आँखों में बार-बार उतरकर ही अपने और उसके रिश्ते का सच ढूँढ़ा है।

दीवान पर बैठी थी शुभा। सामने खिड़की के पार फैली रोशनी को निहार रही थी। जबसे म्युनिस्पल कॉरपोरेशन वालों ने यह सोडियम वैपर लाइट लगाई है खिड़की से अनावश्यक रोशनी के टुकड़े घर में घुस आते हैं और घर की रोशनी से धींगामुश्ती करते रहते हैं। अपने कमरे से निकलकर पारुल आई। उसके पास दीवान पर बैठी। फिर उसने अपने पाँव ऊपर किए और शुभा की गोद में सिर रखकर दीवान पर पसर गई। बोली—"आँखें दुख रही हैं।"

"चश्मा चढ़ेगा अब तेरी नाक पर।" उसके बालों में अँगुलियाँ फिराती हुई शुभा ने कहा।

"मैं नहीं लगानेवाली चश्मा।" लाड़ दिखाती हुई ठुनकी पारुल।

"अंधी बनकर रहेगी क्या?...चल, कल तुझे डॉक्टर के यहाँ ले चलती हूँ।"

"कान्टैक्ट लेंस लगाऊँगी...चश्मा नहीं।"

"पर उसके लिए भी तो डॉक्टर के पास जाना होगा।"

"दी! आज कविजी मिले थे।"

कविजी, यानी वह। अब पारुल उसे 'सर' नहीं, कविजी बुलाती है। पहले उसे लगा था कि कहीं पारुल के इस सम्बोधन में चुहल या फिर व्यंग्य तो नहीं शामिल है! पर ऐसा नहीं था। उसने तत्काल जान लिया था कि इसमें कुछ और घुला-मिला है। कुछ और...इस कुछ और से ही वह भयभीत रहती है इन दिनों।

"दी!"

"हूँ।"

''तुमने कुछ पूछा नहीं?'' पेट के बल होकर पारुल ने शुभा की जाँघ पर ठुड्डी टिका दी।

शुभा के सामने विनाश के ठीक पहले मचनेवाले हाहाकार के अतल में छिपी वीरानी की भयावहता कौंध गई। पल-छिन के लिए उसका मन काँपा और देह थरथरा उठी। वह पारुल का सिर सहलाने लगी। फिर शुभा को उसकी हथेलियों के बीच दबी अपनी पसीजती हुई दाईं हथेली याद आई। उसको बोलते हुए सुनने का विलक्षण अनुभव याद आया। उसकी आवाज़ के जादू का उत्कट आनन्द याद आया। याद आई पिता के बनाए उस चित्र की वह नृत्य करती स्त्री, जिसकी उत्ताप भरी मुद्रा की अलौकिक निर्भयता ने शुभा को पंख सौंप दिए थे उन दिनों। वे दिन चमत्कारिक अनुभवों से भरे हुए थे। दिन हो या रात, साँझ की फीकी होती लालिमा हो या सुबह की चमक भरी झिलमिलाहट, लू भरी हवा के थपेड़े हों या फुहियों-सी गिरती चाँदनी; उसकी धमनियों में बहते रुधिर का ताप कभी मद्धिम नहीं होता था। वह पारुल का सिर सहलाती रही और फिर धीमे स्वर में पूछा—''क्या बता रही थी तू?...बता...।''

''नहीं बताती मैं।...तुम्हें जब कुछ सुनना ही नहीं, फिर क्यों बताऊँ मैं?''

''सुन तो रही हूँ।'' शुभा का स्वर डूब रहा था। शब्द छिटककर इधर-उधर हो रहे थे। पारुल के बालों में घूमती उसकी अँगुलियाँ अपनी ताक़त खो रही थीं। पारुल के कविजी के साथ बीता हुआ अपना समय शुभा को विभ्रम की तरह लग रहा था। उसे लगता, जैसे उसके कानों में फुसफुसा रहा हो बीता हुआ कल। यह एक जानलेवा, पर विस्मयकारी अनुभव था शुभा के लिए। वह इस फुसफुसाहट का कोई एक सिरा पकड़ना चाहती थी। चाहती थी इस फुसफुसाहट के साथ अपने भीतर उतर रहे अथाह अँधेरे से उबरना।

अचानक पारुल ने अपने को उसकी गोद से अलग किया। उठकर सामने रखे मोढ़े पर बैठ गई और शुभा की आँखों में अपनी आँखें डालकर पूछा—''दी, तुम मुझसे नाराज़ हो?''

''नहीं,...नहीं तो।...नाराज़ क्यों होऊँगी भला?'' शुभा का प्रतिप्रश्न काँप रहा था। पारुल की दीठ उसकी आँखों के रास्ते उसके भीतर उतर रही थी। शुभा को पता था कि उत्कट आनन्द के क्षणों में आँखों की ताक़त कैसे बढ़ जाती है और दीठ लेज़र किरणों की तरह कितनी तीक्ष्ण हो जाती है।

''अगर नाराज़ नहीं हो, तो फिर मुझसे बातें क्यों नहीं करती?...बोलो?...दी, तुम क्या सिर्फ़ मेरी बहन हो?...माँ भी तो हो।...बोलो, नहीं हो क्या?'' पारुल की आँखें झरने लगीं, मानो किसी पहाड़ी नदी की राह में अटका हुआ बड़ा सा शिलाखंड जल के दबाव से अचानक हट गया हो और नदी उमग उठी हो।

"हूँ,...माँ ही तो हूँ तेरी।" शुभा ने उन अदृश्य हाथों को, जो उसके हलक में उतरकर उसका कलेजा खींच रहे थे एकबारगी झटक दिया। दोनों घुटनों पर दोनों हथेलियों का दबाव बनाती हुई एक मद्धिम कराह के साथ उठी। कहा—"चल,...खाना खा ले।...रोटियाँ सेंकती हूँ।"

"भूख नहीं मुझे।...आज दिन में बहुत कुछ खा लिया है।...लाइब्रेरी जाते हुए सिनेट हॉल के पास कविजी मिल गए। उनके साथ रीगल में लंच किया... फिर लाइब्रेरी गई।" सूचना के अन्दाज़ में बोले गए पारुल के एक-एक शब्द में ठोसपन था।

यह ठोसपन पारुल के साहस से उपजा था या उसके सौंपे विलक्षण अनुभव और उत्कट आनन्द के गर्भ से उपजा था! शुभा के लिए अनिर्णय की स्थिति थी। जो भी हो, अगर इस ठोसपन ने पारुल को उसकी समूची थाती से काटकर अलग कर दिया विभास की तरह, तब क्या होगा? शुभा कुछ भी नहीं सोच पा रही थी।

चालीस पार किया शुभा ने और पारुल ने अपना शोध-प्रबन्ध सबमिट किया। इस बीच वह शुभा के पास नहीं आया। चार साल से ऊपर हुए उसे आए। लम्बे समय के बाद, जिस दिन पारुल का बी. ए. का रिजल्ट आया था उस दिन आया था। फिर जब पारुल ने एम. ए. में दाख़िला लिया था और नया-नया विश्वविद्यालय जाना शुरू किया था, तभी आया था और उस दिन उसकी पसीजती हथेली के नमक से अनजान जो वह गया, सो फिर नहीं लौटा।...पर क्या वह सचमुच नहीं आया उसके घर? क्या वह पारुल के साथ रोज़ नहीं आता है? कभी पारुल की आँखों की चमक में, तो कभी पारुल के पाँवों की गति में शामिल होकर या कभी पारुल की बातों में, तो कभी बिन हवाओं के उड़ती पारुल की ज़ुल्फ़ों में लिपट कर वह इस घर में रोज़ नहीं आता! उसकी आवाजाही का आलम यह है कि कभी वह पारुल की क़िताबों के पन्नों से झाँकता है और वह पढ़ना छोड़ मुस्काती है, तो कभी खाने की मेज़ पर रखी पारुल की थाली में अपना अक्स चस्पाँ कर चुपके से निकल जाता है और बिना खाए उसकी भूख मिट जाती है।...अब कुछ भी शुभा से छिपा नहीं है। जितनी बातें होती हैं, उनमें वह शामिल होता है, पर अब शुभा और पारुल के बीच उससे जुड़ी किसी बात या घटना या प्रश्न को लेकर सीधी बातचीत नहीं होती। शुभा उस निरीहता और विवशता के बारे में सोचती, जिसे वह दूर रहते हुए भी पारुल के माध्यम से उसके भीतर लगातार प्रक्षेपित करता रहा है। शुभा अपने जीवन का लेखा-जोखा नहीं करना चाहती और न ही सुख और आनन्द की कसौटी पर बीते दिनों को घिस-घिस कर परखना चाहती है, पर वह इन निरीह और

निष्कवच अनुभवों का क्या करे! किससे कहे जाकर कि वह उसे पत्नी नहीं, रखैल बनाकर रखना चाह रहा था! एक ऐसा भेड़िया है वह, जो भावनाओं की खाल ओढ़कर शिकार करता है। भावुक शब्दों के विष से बुझे अपने तीक्ष्ण नाख़ूनों और दाँतों को बहुत सधाव के साथ वह कलेजे के भीतर उतारता है। उसकी आँखों की पुतलियों से नेह–छोह की जो किरणें फूटती हैं, उनका विष भरा रसायन दिमाग़ को सुन्न कर देता है। अनुभवों की इस गठरी को किस समुद्र में तिरोहित करे! कौन समुद्र इसे पचा पाएगा! समुद्र भी तो तट पर उलीचते रहते हैं अपनी सम्पदा।...

पारुल का बी. ए. का रिजल्ट जिस दिन आया, पत्नी के मरने के बाद पहली बार आया था वह। यह बताने आया था कि वह अब उसे अपनी पत्नी की ख़ाली जगह देना चाहता है। वह आया और बेहद चालाक भाषा में विलक्षण अनुभव और उत्कट आनन्द का कुहा फैलाकर चला गया। उसके जाने के बाद जब कुहा की चादर फटी, शुभा ने इस सत्य को जाना कि वह ख़ाली जगह भरने आया था,...न कि उसे उसकी जगह देने।...शुभा को उस दिन पता चला कि उसकी तो कोई जगह ही नहीं थी। वह तो उसका इन्द्रजाल था और शुभा उसके सम्मोहन में हवा में झूलती हुई औरत भर थी।

पारुल बाहर गई है। वह पारुल को लेने आया था। उसने पुरानी कार बेचकर नई कार ली है। वह कार से उतरकर भीतर नहीं आया। अपनी नई कार का हार्न बजाकर उसने पारुल को बुलाया। पारुल पहले से तैयार थी। इन्तज़ार कर रही थी। बाहर जाते समय पारुल ने कहा—"दी, मैं कविजी के साथ रात के खाने पर बाहर जा रही हूँ। रात को लौटने में देर हो सकती है क्योंकि हमलोग फ़्लोटिंग रेस्तराँ में खाना खाने जा रहे हैं। दी, आज शरद की अन्तिम रात है,...पूरे चन्द्रमा की रात इसलिए रेस्तराँ देर रात तक खुला रहेगा और रेस्तराँ वाला जहाज़ गंगा की सैर कराएगा। कविजी की इच्छा है कि हमारी शादी के बाद इसी रेस्तराँ में पार्टी हो, इस कारण भी हमलोग वहाँ कुछ ज़्यादा समय गुज़ारना चाहते हैं ताकि उसकी सर्विस स्टैन्डर्ड का सही–सही अन्दाज़ लगा सकें।..."

शुभा की देह में झुरझुरी भर गई। उसे लगा, जैसे बर्फ़ीली आँधी के भँवर में उड़ती चली जा रही हो वह। उसे अपनी साँसें उखड़ती हुई लगीं। उसकी आँखों के सामने अजीब–सी सफ़ेदी छाने लगी, जैसे पुतलियों से बर्फ़ के बुरादे झर रहे हों। उसे अपना कमरा क़ब्र की तरह लगने लगा और वह यह सोचकर दहल उठी कि अगर इस कमरे से बाहर नहीं निकली तो यह बर्फ़ीली आँधी उसे इसी में दफ़्न कर देगी। शुभा लगभग भागती हुई कमरे से बाहर निकली। लिविंग रूम में पहुँचकर दीवान

पर बैठ गई। उसने खिड़की से बाहर देखा। बाहर रात पसरी हुई थी। उसे लगा उसकी साँसों की आवाजाही भटक रही है। शुभा ने अपनी आँखों से कमरे में टँगी तस्वीरों को,...वाग्देवी की प्रतिमा को,...वाद्यों को बारी-बारी टटोला। वह कहीं भी अपनी नज़रें टिकाकर अपने को सहेजना चाहती थी, पर उसकी पुतलियों से अभी भी बर्फ़ के बुरादे झर रहे थे। अपने पैरों को खींचते हुए वह जैसे-तैसे सीढ़ियाँ चढ़ती हुई ऊपर भागी। छत खुली हुई थी। कुआर की अन्तिम रात का टहकार चन्द्रमा मटमैले बादलों में तैर रहा था। उसने रेलिंग पर हथेलियाँ टिकाकर आसमान की ओर देखा। हल्की सिहरन भरी हवा ने उसकी साँसों को सम्भाला। छत से सटा आम का पेड़ चन्द्रमा और बादलों के खेल को निहार रहा था। उसकी हरीतिमा कभी चमक उठती, तो कभी छिन भर बाद ही उदास हो जाती। चमक और उदासी के इस खेल में उसने कुछ देर तक अपने को उलझाए रखा। उसे, उससे अपनी पहली मुलाक़ात याद आई। विश्वविद्यालय के सभागार में उस दिन का अपना गायन याद आया। राग यमन की वह बंदिश याद आई। पुतलियों से झरते बर्फ़ के बुरादे पिघलकर जलबूँदों में बदलने लगे। हवा के हल्के बहाव के साथ तैरकर आती अपनी ही आवाज़ को सुनती रही वह। आकाश मानो विशाल मंच में बदल गया हो और वह उस मंच पर बैठकर गा रही हो और सारा जगत सुन रहा हो उसके गाए गीत को...पुतली पर बढ़ता-सा यौवन, ज्वार लुटा न निहार सकी मैं!...दोनों कारागृह पुतली के सावन की झर लाए री सखि! आज...

जिस समय शुभा की पुतलियों से झरते बर्फ़ के बुरादे पिघल रहे थे...जिस समय वह अपनी छत के ऊपर टँगे आकाश के मंच से सारे जगत को अपनी करुण-कथा गा-गाकर सुना रही थी,...जिस समय उसकी पुतलियों के कारागृह में सावन की झड़ी लगी हुई थी; ठीक उसी समय गंगा की विशाल छाती पर तैरते एक छोटे-से जहाज़ की पहली मंजिल पर बने रेस्तराँ में पारुल अपने कविजी यानी, कई पुरस्कारों-सम्मानों से विभूषित, कई काव्य-पुस्तकों के प्रणेता पचासवर्षीय कवि अग्निमुख उर्फ़ यूनिवर्सिटी प्रोफेसर डॉ. बाँकेबिहारी मिश्र के साथ बैठी चिकन टिक्का खाते हुए टकीला पी रही थी। टेबल पर एक लिफाफा रखा था। अब तक यूनिवर्सिटी कॉलोनी में रह रहे प्रोफेसर साहेब ने पारुल यानी अपनी होनेवाली पत्नी पारुल मिश्र के नाम शहर के नए बसे पॉश इलाक़े के एक अपार्टमेंट में जो फ्लैट बुक कराया था, उसके काग़ज़ात टेबल पर रखे इस लिफ़ाफ़े में थे। और इसी लिफ़ाफ़े में था कविजी के बैंक अकाउन्ट का पासबुक, जिसमें उनकी दिवंगत पत्नी के बदले होनेवाली पत्नी का नाम आज ही दर्ज़ हुआ था।

(कथादेश, जून, 2012)

हलंत

बात बहुत पुरानी नहीं है। कुछ ही महीनों पहले की बात है। वह हादसों का मौसम था। उन दिनों सब कुछ अप्रत्याशित रूप से घटता। जिस बात की दूर-दूर तक उम्मीद नहीं होती, वह बात सुनने को मिलती। जिस घटना की कल्पना नहीं की जा सकती, वह घट जाती। जिस दृश्य को सपने में भी देखना सम्भव नहीं था, वह अचानक आँखों के सामने उपस्थित हो जाता।

अजीब समय था। विचित्रताओं से भरा हुआ समय। यहाँ तक कि उन दिनों सुख भी अप्रत्याशित ढंग से ही मिलता। यानी, कुछ अच्छा भी होता तो ऐसे अचानक होता कि मन के भीतर भय की लकीर छोड़ जाता। सुख का स्वाद मिट जाता और मन को भरोसा नहीं होता कि ऐसा भी हो सकता है। उन दिनों सुख और दुःख के बीच का फ़र्क़ लगभग मिट चला था। यह अपने-आप में एक बड़ा हादसा था। सुख और दुःख की अनुभूति के बीच अन्तर का नहीं होना सामान्य स्थिति तो नहीं ही मानी जा सकती। इससे ज़्यादा त्रासद और प्राणलेवा स्थिति शायद और दूसरी नहीं हो सकती। औरों के लिए यह चरम आध्यात्मिक स्थिति हो सकती है, पर मेरे लिए नहीं।

मैं उन दिनों को याद करता हूँ तो मेरी रीढ़ थरथराने लगती है। मेरे लिए भय और अवसाद के दिन थे वे। मैं अब अच्छी तरह महसूस कर सकता हूँ कि लोग ऐसी ही स्थिति में आत्महत्या करते होंगे। सुबह आँखें खुलते ही मैं अपनी मृत्यु के बारे में सोचना शुरू करता, तो यह सिलसिला रात की नींद तक चलता रहता। नींद आती, पर गहरी नहीं, उचटी-उचटी आती। सपने आते। अजीब-अजीब सपने। इन सपनों के सिरे एक-दूसरे में इस तरह अझुराए होते कि इनमें से एक मुक्कमिल सपने को याद करना मुश्किल था। हाँ इन सपनों के केन्द्रीय कथ्य के रूप में मृत्यु की उपस्थिति ज़रूर होती। मैं इन सपनों के छोर पकड़ने की कोशिशें करता और इस कोशिश में अपनी मृत्यु तक जा पहुँचता। मरने के अनगिन तरीक़े सोचता। उन्हें विश्लेषित करता। आत्महत्या के समय होनेवाली पीड़ा के आवेग को कभी मन ही

मन मापता, तो कभी आत्महत्या के बाद अपने बारे में होनेवाली चर्चा-कुचर्चा के ताने-बाने बुनता। यह सब चलता रहता और बीच-बीच में हादसे होते रहते।

एक रात मेरे इस क़स्बाई शहर के अहिंसा मैदान में विशाल गड्ढा बन गया। हुआ यूँ कि रात में भयानक विस्फोट हुआ और और देखते-देखते शहर के एक छोर पर स्थित इस मैदान में पोखरण उतर आया। एक भयानक आवाज़ हुई और मैदान के ऊपर का आकाश गर्द-ओ-गुबार से पट गया। दिन भर की उड़ान के बाद घोंसलों में छिपे पंछी इतने भयभीत हुए कि बाहर निकल पड़े।

आज़ादी के दिनों में गाँधी बाबा जब-जब दिल्ली-कलकत्ता-बम्बई में अनशन पर बैठते, मेरे शहर के गाँधी परमानन्द दास भी इस मैदान में चादर बिछाकर बैठ जाते। उन्हीं दिनों इस भूखंड को अहिंसा मैदान नाम मिला। यहाँ बच्चे फुटबॉल-क्रिकेट खेलते। मेरे बाबूजी बताया करते थे कि अपने बचपन के दिनों में वे भी इस मैदान में कबड्डी खेला करते थे। उन दिनों इस मैदान के किनारे-किनारे पेड़ों की क़तार थी और उनकी डालें धरती तक झुकी थीं और वे अपने दोस्तों के साथ डालों पर झूलते हुए दोला-पाती भी खेला करते। बाबूजी बताते कि उन दिनों इस मैदान के किनारे ढेरों फलदार वृक्ष हुआ करते थे। आम के दिनों में शहर के बच्चों का हुजूम जुटा रहता। जेठ-वैशाख में लू के थपेड़े भी बच्चों को रोक नहीं पाते और टिकोलों की लालच में उनकी आवाजाही बनी रहती। फिर एक समय आया जब पेड़ों ने फल देना पहले कम और बाद में बिल्कुल ही बन्द कर दिया। सूखने लगे। लोगों ने काटकर उन्हें चूल्हों में झोंक दिया।

अब यहाँ का नज़ारा बदल चुका है। चुनाव के दिनों में यहाँ राजनेताओं के हेलिकॉप्टर उतरते और भाषण होता। बाँस के खम्भों में बँधे भोंपूओं से निकलती तरह-तरह की आवाज़ें पूरे शहर पर छा जातीं। यहाँ सती परमेसरी का मेला भी लगता था। मुझे याद है। अपने बाबूजी के काँधे पर सवार होकर मैं यह मेला घूम चुका हूँ। इस मेले की गुड़ की जलेबी का स्वाद आज भी मेरी जीभ पर ठिठका हुआ है। इस मेले में द ग्रेट बाम्बे सर्कस का तम्बू तनता और मेला उजड़ने के हफ़्तों बाद उखड़ता। मैंने पहली बार इसी सर्कस में दहाड़ते हुए बाघ को देखा था और मेरी सिट्टी-पिट्टी गुम हो गई थी। बाबूजी की दहाड़ से दुबकी हुई अम्मा के भय का अर्थ भी मुझे उसी दिन मिल गया था। बाद के दिनों में अम्मा अक्सर मेरी भीरूता से खीझकर कहती 'बाघ का बेटा खरहा'। पिछले कुछ दिनों से इस अहिंसा मैदान में एक नया काम होने लगा था। हत्या के बाद हत्यारे इस मैदान में लाशें फेंकने लगे थे। हत्या शहर के किसी भी कोने में होती, पर लाश इसी मैदान से बरामद होती। विस्फोट पहली बार हुआ था। मेरे शहर के लोग बेहद कल्पनाशील हैं। उनका मानना था कि किसी दूसरे ग्रह के प्राणियों ने पृथ्वी के बहुत क़रीब से

गुज़रते हुए इस विस्फोट को अंजाम दिया है। शहर के चारपेजी अख़बारों ने इतना हो-हल्ला मचाया कि पुलिस ने इस हादसे की तफ़्तीश शुरू की। तफ़्तीश के बाद पुलिस ने यह तथ्य ढूँढ़ निकाला कि अहिंसा मैदान में उग्रवादियों ने विस्फोटकों का परीक्षण किया था।

विस्फोट के बाद पुलिस की व्यस्तता बहुत बढ़ गई थी। जाँच में प्राप्त तथ्यों की पुष्टि के लिए साक्ष्य जुटाने में पुलिस लगी हुई थी। शहर में आतंक था। रात-बिरात अपने घरों से निकलने में डरते थे लोग। दिन में भी किसी चौक-चौराहे पर पुलिस का सामना हो जाता तो लोग नज़रें चुराते हुए निकल जाते। पुलिस बेवजह घूरती। ज़रा भी सन्देह हुआ कि थाने ले जाकर घंटों पकाती। इस विस्फोट के कारण राज्य सरकार के आला अधिकारियों का दौरे पर आना लगातार जारी था। इक्के-दुक्के बचे पुराने लोगों का कहना था कि अंग्रेज़ों के ज़माने से लेकर इस घटना के पहले तक कभी इतने अधिकारी ज़िले में दौरे पर नहीं आए। ज़िले के सारे थाने संवेदनशील घोषित हो चुके थे। ख़ुद राज्य के गृहमंत्री और पुलिस प्रमुख ने अपने दौरे के समय इसका ऐलान किया था। अब तक जिस पुलिस को असंवेदनशील माना जाता था, वह संवेदनशील हो गई थी। पुलिस की संवेदनशीलता अपना रंग दिखा रही थी। इस संवेदनशीलता का आलम यह था कि वे सारे लोग, जिनके घरों में शौचालय नहीं था और वे शहर के बाहरी इलाक़ों में टिन का डब्बा या प्लास्टिक की बोतलें लेकर फ़ारिग हुआ करते थे, संकटग्रस्त हो गए थे। ऐसे हाजतमंद लोग चोरों की तरह अपने घरों से निकलते और अपनी हाजत को जैसे-तैसे आधे-अधूरे निबटाकर वापस भागते। ऐसे परिवारों की औरतों का संकट और गहरा था। गश्त पर निकले पुलिस के जवान शहर की गश्ती छोड़कर साँझ का झुटपुटा होते ही बाहरी इलाक़ों में फैल जाते। औरतें अँधेरे का लाभ उठाने और दम साधकर बे-आवाज़ फ़ारिग होने की कोशिशें करतीं, पर पुलिसवालों की संवेदनशीलता उफ़ान पर थी और वे बे-आवाज़ क्रियाओं को भी सूँघ लेते और टार्च भुकभुकाने लगते। पुलिस की संवेदनशीलता का भारी असर शहर की रंडियों पर भी पड़ा था। उनके घूमने-फिरने पर कोई प्रतिबंध नहीं था, पर उनके साथ मटरगश्ती करनेवाले ग्राहकों की कमी हो गई थी। ऐसे मटरगश्ती करनेवालों पर पुलिस ने अपनी दबिश बढ़ा दी थी। पुलिस आधा-अधूरा संवेदनशील तो होती नहीं, सो वह हफ़्ता वसूलने के प्रति भी अतिरिक्त रूप से सजग और नियमबद्ध हो गई थी। कमाई के अभाव में रंडियाँ पुलिस वालों को ख़ुद को सौंपतीं। पर कुछ ही रंडियाँ ऐसा कर पातीं और अपने ठिकानों से निकल पातीं या अपने ठीयों पर रोशनी जला पातीं। बहुत बुरे दिन थे। बहुत बुरे। आतंकित करनेवाले बुरे दिन। इतने बुरे कि हल्की-फुल्की बीमारियों का असर भी इस आतंक के सामने फीका पड़ गया था। बस-अड्डा और रेलवे

स्टेशन के पॉकेटमारों और उच्चकों की जान भी साँसत में थी। पुलिस ने आला हाकिमों की लगातार आवाजाही में होनेवाले ख़र्चों का हवाला देते हुए हफ़्ते की रकम में बेतहाशा बढ़ोत्तरी कर दी थी। एक तो मुसाफिरों की आवाजाही कम हो गई थी और ऊपर से रकम में यह बढ़ोत्तरी। उनकी जान निकल रही थी। शिकार को लेकर आपस में ही झाँव-झाँव और मारकाट मची रहती थी। इस विस्फोट ने शहर की जड़ें हिला दी थीं।

मैं इन बुरे दिनों के गुंजलक से बाहर निकलना चाह रहा था। सच तो यह है कि मैं इस शहर से ही निकलने की तैयारी में था, पर एक के बाद एक घटनाओं का ऐसा सिलसिला शुरू हुआ कि मैं निकल नहीं सका। घटनाएँ बेड़ियों की तरह मेरे पाँवों को जकड़ती गईं। पहली बेड़ी तो बाबूजी ही बने। बचपन से ही उनके क्रोध का शिकार बनता रहा हूँ। क्रोध उनका स्थायी भाव था और उसे वे अपनी ताक़त मानते थे। और सचमुच उनका क्रोध बेहद ताक़तवर निकला। इसी क्रोध के हाथों वे पटखनी खा गए। ब्रेन हेमरेज हुआ और उन्हें लकवा मार गया। देह और दिमाग़ दोनों सुन्न। जिसके बिस्तर पर डर के मारे मक्खी तक नहीं बैठती थी, वह गू-मूत में लिथड़ा हुआ बिस्तर पर पड़ा था। गठिया से कराहती और निहुर-निहुर कर चलनेवाली अम्मा दिन-रात लगी रहती, पर यह सब अकेले उसके वश का नहीं था। मैंने बहुत धीरज के साथ बाबूजी की शुश्रूषा में अम्मा का हाथ बँटाना शुरू किया। बाबूजी चुपचाप बिस्तर पर पड़े रहते। बोलने की कोशिश करते पर शब्द गले में फँस जाते और अजीब-सी गों-गों करती आवाज़ निकलती। मैं जब भी उनके सामने होता, उनकी आँखें बहने लगतीं। वह लगभग तीन महीने तक इस यंत्रणा को भोगते रहे। पर इस तीन माह की यंत्रणा ने अम्मा की आँखों के आँसू पी लिये। बाबूजी की मृत्यु की प्रतीक्षा करते-करते अम्मा के मन की त्वचा भोथरी हो गई थी। कोई माने या न माने, पर मैं इस सच को नहीं झुठला सकता कि मन की भी, अदृश्य ही सही, त्वचा होती है। अम्मा ने अपने वैधव्य को सहजता से स्वीकार लिया। मृत्यु के बाद के रस्मी रुदन के सिवा और कोई ख़ास परेशानी उसने नहीं पैदा होने दी। उसका अपना स्वास्थ्य उस समय तक उसके वश में नहीं था, पर बाबूजी की मृत्यु के बाद जैसे-जैसे दिन बीतते गए, वह अपने स्वास्थ्य को लेकर सतर्क रहने लगी। गठिया को तो जाना नहीं था और न ही झुकी हुई कमर सीधी होनेवाली थी, पर उसने बाबूजी की मृत्यु से पैदा हुए अवसाद को अपने भीतर पनाह नहीं दी।

दूसरी बेड़ी रज्जो बनी। हालाँकि रज्जो का मुआमला बाबूजी की बीमारी से पहले शुरू हो चुका था। काफ़ी पहले। बल्कि मेरे बाबूजी इस मुआमले में एक सक्रिय तत्त्व थे। उन्होंने रज्जो के मुआमले से भी अपने क्रोध के लिए रसायन

अर्जित किया था। रज्जो उन्हें पसन्द नहीं थी। इसलिए नहीं कि वह कुरूप थी या अशिक्षित थी या फिर चाल-चलन की ख़राब थी बल्कि, इसलिए कि रज्जो के पिता जाति के धोबी थे और उनके साथ उनके ही ऑफिस में काम करते थे। दोनों ने एक साथ लोअर डिविज़न क्लर्क के पद पर ज्वाइन किया था। बाबूजी बमुश्किल घिसटते हुए अपर डिविज़न क्लर्क हो सके थे और बड़ा बाबू बनने ही वाले थे कि फालिज मार गया। जबकि, रज्जो के पिता उन्हें पार करते हुए एओ यानी एडमिनिस्ट्रेटिव ऑफिसर बन चुके थे। वह बड़ा बाबू ज़रूर मेरे बाबूजी से पहले बने थे, पर एओ बनने के लिए उन्होंने डिपार्टमेंटल परीक्षा दी थी और पास होकर यह पद हासिल किया था। हालाँकि बाबूजी इसे पार करना नहीं, अपनी छाती पर पाँव रखकर आगे निकलना मानते थे।

मेरा और रज्जो का बचपन साथ-साथ गुज़रा है। हम संग--संग पले-बढ़े हैं। रज्जो बैंक की नौकरी के लिए परीक्षाएँ देना चाहती थी। उसने इकोनॉमिक्स आनर्स लेकर बी. ए. किया था और अच्छे नम्बरों से पास हुई थी। मैंने हिन्दी साहित्य में एम. ए. किया था और प्रोफेसर बनना चाहता था। ज़माने के चलन के हिसाब से मैंने पिछड़ी हुई फ़ालतू क़िस्म की पढ़ाई की थी, जिसका कोई भविष्य नहीं था। बाबूजी की इच्छा थी कि मैं सिविल सर्विसेज़ की परीक्षा दूँ और कलक्टर बनकर इसी शहर में आऊँ। बाबूजी ज़िलाधिकारी के दफ़्तर में ही काम करते थे। मैंने 'हिन्दी कविता पर नक्सलवादी आन्दोलन का प्रभाव' विषय पर पी-एच. डी. के लिए रजिस्ट्रेशन करा लिया था। बाबूजी की इच्छा का मान रखने के लिए मैंने सोचा था कि एक साल सिविल सर्विसेज़ की परीक्षा में बैठूँगा। पर मेरे बाबूजी को इस बात की भनक लग गई कि थी कि मेरे और रज्जो के बीच कोई चक्कर चल रहा है। बस, इतना ही काफ़ी था उनके लिए। उन्होंने ऐसा तांडव मचाया कि घर की दीवारें हिलने लगीं। अम्मा तो गौरैया की तरह इधर-उधर दुबकती फिरतीं और मैं पत्थर की मूर्ति की तरह निःशब्द उपस्थित रहता। मेरी छोटी बहन पुतुल, जो मेरे घर की प्रसन्नता की धुरी थी, बेहिस और बेजान-सी हो चली थी, पर वही एक थी जो बाबूजी का सामना करती। उसकी उपस्थिति में कुछ ख़ास था कि बाबूजी नरम पड़ जाते। ऐसे संकट के दिनों में वही बाबूजी को सम्भालती। और यह घर तो बाबूजी से ही था। उन दिनों हम सब यही मानकर जीते कि बाबूजी हैं, तो घर है। बाबूजी ख़ुश, तो घर ख़ुश।

बाबूजी के चलते काफ़ी पहले से मेरे घर रज्जो का आना-जाना लगभग बन्द हो गया था। पहले पर्व-तेवहार के दिन आ जाया करती थी, पर धीरे-धीरे वह भी सिमट गया। हम सब एक ही कॉलोनी में पैदा हुए थे। नौकरी ज्वाइन करने के बाद मेरी अम्मा को लेकर जब बाबूजी इस कालोनी में रहने आए, मेरी बड़ी बहन गोद

में थी। पर वह मेरे जन्म से पहले ही मर गई। उसे मलेरिया हो गया था। सुनते हैं कि उन दिनों इस ज़िले में यह बीमारी आम थी और अंग्रेज़ों के समय से चली आ रही थी। मेरी इस बड़ी बहन से बड़ा मेरा एक भाई भी था, जो पहले ही पीलिया से मर चुका था। दो बच्चों की मौत के बाद जब मैं आया तो अम्मा ने ढेरों मनौतियाँ मानीं। मैं बच गया। अम्मा बताती हैं कि जब मैं गर्भ में था तो मुआमला लगभग बिगड़ ही गया था, पर रज्जो की माँ ने दिन-रात उनकी देखभाल की। डॉक्टर ने अन्तिम तीन महीनों में बिस्तर पर से उतरने तक को मना किया था। बाबूजी ने जीवन में कभी चूल्हा फूँका नहीं था, सो एक दिन भात का माँड़ निकालते हुए हाथ जला बैठे। रज्जो की माँ उस दिन से मेरी पैदाइश के बाद अम्मा के सौर-घर से निकलने तक बाबूजी का भोजन अपनी रसोई से भेजती रहीं।

इस तरह की कॉलोनियों में अमूमन जैसा जीवन होता है, वैसा ही था हमारा जीवन। मेरे और रज्जो के प्यार में भी कुछ अनूठा या चकित करनेवाला या फिर चटपटा नहीं था। ऐसी कॉलोनियों में रहनेवालों के बच्चों के बीच जिस सहजवृत्ति से प्रेम पनपता है, वैसे ही पनपा था हमारा प्रेम। रज्जो विवाह के लिए उतावली तो नहीं थी, पर प्रेम में मेरे सर्दपन को लेकर उसके भीतर लगातार खीझ भरती जा रही थी। प्रेम ही नहीं, मेरे जीने के ढंग यानी जीवन के साथ मेरे बरताव को लेकर उसके भीतर एक निराशा भरती जा रही थी। वह मुझे चोट नहीं पहुँचाना चाहती थी। इसलिए वह मुझे सीधे-सीधे कायर या डरपोक तो नहीं कहती, पर उसके मन को भेदकर उसके चेहरे पर कुछ ऐसे ही भाव उभर आते। उसने अपेक्षाकृत एक बीच का शब्द मेरे लिए खोज निकाला था—मुँहचोर। जब बाबूजी जीवित थे और उनके आतंक के साये में पूरा घर थर-थर काँपते हुए जी रहा था, वह चाहती थी कि मैं अपनी माँ के पक्ष में तनकर खड़ा हो जाऊँ। जब रज्जो को लेकर पहली बार मेरे घर में बवाल मचा, वह स्वयं इस बाबत मेरे बाबूजी से संवाद करना चाहती थी। उसे अपने ऊपर भरोसा था कि वह उन्हें अपनी बातों से निरुत्तर ही नहीं बल्कि, अपने व्यवहार से विवश कर देगी कि वे उसे स्वीकार कर लें। उसे अच्छी तरह मालूम था कि मेरे बाबूजी उसके पिता से घृणा करते हैं, इसके बावजूद वह उनसे अपने लिए नमी की उम्मीद रखती थी। वह चाहती थी कि मैं अपने बाबूजी से अपने शोध का विषय 'हिन्दी कविता पर नक्सलवादी आन्दोलन का प्रभाव' न छुपाऊँ। वह यह भी चाहती थी पिछले दस सालों से मैं जिन कविताओं को लिख रहा हूँ उन्हें प्रकाशित करने के लिए पत्र-पत्रिकाओं को भेजूँ। उसका मानना था कि मैं नाहक उन कविताओं की गुणवत्ता को लेकर चिन्तित और निराश रहता हूँ। वह अपनी इस धारणा पर अडिग थी कि मेरे शोधगुरु प्रोफेसर रणविजय सिंह लम्पट और जाहिल हैं और वे तब तक मेरा शोध पूरा नहीं होने देंगे, जब तक मैं उनकी

नीम पागल बेटी से विवाह के लिए राजी नहीं हो जाता।

बाबूजी के गुज़र जाने के बाद मेरे घर रज्जो के आने-जाने पर कोई प्रतिबंध नहीं था, पर वह तभी आई, जब एक दिन अम्मा उसकी बाँह पकड़ खींच लाईं। उसके बाद वह आती, पर पहले की तरह मुझसे मिलने नहीं...अम्मा की खोज-ख़बर लेने या मेरी छोटी बहन पुतुल से मिलने-बतियाने। अजीब दिन थे...जैसा कि मैंने पहले ही कहा कि सुख और दु:ख का फ़र्क़ ही मिट चला था। पिता के विदा होने के बाद घर में चुप्पी थी। अजीब-सी चुप्पी, जिसका कोई ओर-छोर नहीं था। लगता, मानो अम्मा विश्रांति की चादर ओढ़े गहरी निद्रा में सो रही हों...और बहन जलकुम्भियों से भरे थिर पोखर की तरह अपनी उम्र की विपरीत दिशा में मौन बैठी हो।...और मैं...। मुझे लगता मैं हलंत की तरह बिना स्वर वाले व्यंजन की तरह नीचे लटका हूँ। मैं अक्सर सारी-सारी रात जागता। नींद आती भी तो उचट-उचट जाती। पिता और रज्जो दोनों मेरी रातों की नींद में...टूट-टूटकर आनेवाले सपनों में अझुराए हुए थे। आँख लगती तो साँकल खटखटाने की आवाज़ सुनाई पड़ती। जाने क्यों लगता कि रज्जो साँकल खटखटा रही है...और नींद उचट जाती। यह जानते हुए भी कि किसी ने साँकल नहीं खटखटाई...कोई आवाज़ नहीं हुई...रज्जो नहीं है दरवाज़े पर...मैं उठकर दरवाज़े तक जाता। दरवाज़ा खोलकर देखता। सोचता, इस पुराने सरकारी क्वार्टर के दरवाज़े में लगे इस साँकल को बदल दूँगा, पर...। कभी नींद में खाँसने की आवाज़ सुनाई देती...देर रात घने कुहासे में सड़क किनारे बैठकर खाँसते हुए किसी बूढ़े की आकृति दिखाई पड़ती। अस्पष्ट चेहरा...धीरे-धीरे पिता के चेहरे में बदलता हुआ चेहरा। खाँसी की तेज़ ढाँय-ढाँय करती आवाज़...जो धीरे-धीरे हँफनी में बदल जाती...दर्द से लबरेज़...घुटती हुई हाँफ...। यह प्राणलेवा अनुभव था।...मृत्यु से ज़्यादा भयावह और आतंककारी अनुभव। मैंने पिता को कभी उनके जीवनकाल में इस तरह खाँसते-हाँफते नहीं देखा था। बीमारी के दिनों में भी नहीं। घर में जो कुछ था, पिता की बीमारी में छीज चुका था। बस अम्मा के गहने थे जिसे वह बेटी की शादी के लिए कलेजे से लगाकर बमुश्किल बचाए हुए थीं। फैमिली पेंशन के काग़ज़ात अभी दफ़्तरों के चक्कर लगा रहे थे। रज्जो के पिता जी-जान से लगे हुए थे, पर मुआमला अकेले उनके वश का नहीं था। काग़ज़ातों को नगरी-नगरी द्वारे-द्वारे भटकना था। पिता की जगह पर सहानुभूति के आधार पर नियुक्ति के लिए आवेदन देने के समय तमाम सामाजिक दबावों के विपरीत जाकर रज्जो ने मेरी मदद की थी। उसने अम्मा की ओर से दिए गए आवेदन में सबको समझा-बुझाकर बहन का नाम दर्ज करवाया था। मेरी प्रकृति का हवाला देते हुए उसने मुझे लोकापवाद से बचाने की कोशिश की थी। फिर अचानक एक अच्छा दिन हमारे जीवन में आया। राज्य की राजधानी स्थित अकाउन्टेन्ट

जेनरल के ऑफिस से फैमिली पेंशन के काग़ज़ात स्वीकृत होकर आ गए। अम्मा और बहन, दोनों एक-दूसरे को अँकवार में भरकर रोती रहीं। उस समय रज्जो भी थी। चुपचाप खड़ी रही। हमने जी भरकर रोने दिया दोनों को।

इस बीच और भी बहुत कुछ घटा था। जैसे, रज्जो ने बैंक के बदले सिविल सर्विसेज़ की परीक्षा की तैयारी शुरू की...और आरम्भिक परीक्षा में अच्छे रैंक से पास होकर मेन्स की तैयारी में लगी थी। आरम्भिक परीक्षा पास करने और अच्छे रैंक लाने की ख़ुशी कब आई और कब चली गई पता ही नहीं चला। रज्जो का चेहरा इन दिनों भावशून्य हो चला था। वह चुप-चुप रहती। लगता मानो किसी ने चेहरे का सारा सत्त निचोड़ लिया हो। कभी-कभी तो मुझे उसके चेहरे से झाँकता हुआ अपनी अम्मा का चेहरा दिखने लगता। पिता जब जीवित थे अम्मा का चेहरा ऐसा ही बिना सत्त का दिखाई पड़ता था।

अम्मा के चेहरे पर रौनक कभी रही नहीं, सो अब भी नहीं थी, पर सुकून के भाव ज़रूर दिखने लगे थे। बस एक पुतुल थी,...पुतुल, मेरी छोटी बहन,...जिसका चेहरा आश्चर्यजनक रूप से बदल गया था। बाबूजी की बीमारी...फिर मृत्यु...अम्मा के दुखों का मौन हाहाकार...घर का दैन्य...मेरे निठल्लेपन से उपजी निःसंगता,...यह सब झेलते हुए अपनी रंगत खो चुका उसका चेहरा इन दिनों अचानक दीप्ति से भरने लगा था। बया के खोते की तरह उलझे हुए उसके केश सज-सँवरकर लहराने लगे थे। उसकी आवाज़ महीन-मीठी और लयबद्ध हो चली थी। जब कभी वह सामने आती...कभी चाय की प्याली लेकर या कभी नाश्ता-खाना लेकर...मेरे बहुत निकट,...मैं उसे ग़ौर से देखता। अपने को ग़ौर से निहारते हुए मुझे पाकर वह अचकचा जाती।

जब रज्जो ने मुझसे कहा...।

वह जाते हुए फागुन की साँझ थी। हमारी कॉलोनी के पीछे वाले हिस्से में एक छोटा-सा मैदान था। मैदान के एक किनारे शिरीष के कुछ पेड़ थे। उन पेड़ों की छाँह में पत्थर की तीन बेंचें थीं। बीच वाली बेंच पर बैठा मैं सामने मैदान में क्रिकेट खेलते बच्चों को देख रहा था कि रज्जो आती हुई दिखी। उसके हाथ में कोई क़िताब थी। वह पास आई। एक फीकी मुस्कान उसके चेहरे पर उभरी और वह मेरे बगल में बैठ गई।...हवा...हल्की हवा। मन को उत्फुल्ल करती हवा। शिरीष के पेड़ धुनिया बने रूई की तरह धुन रहे थे हवा को। सूरज जा चुका था। उसकी ललछौंही रोशनी की आस पसरी हुई थी, जैसे अभी-अभी लोप हुई किसी आलाप-ध्वनि का कम्पन पसरा हो। जाने क्यों मुझे औरों की तरह डूबता हुआ सूरज उदास नहीं करता। और ऐसी साँझ, जो हल्की हवा के पर लगाए तैर रही हो, अक्सर मुझे उत्फुल्ल बना देती

है। सुबह होते ही जैसे चिड़ियों के पंख खुल जाते हैं, ऐसी साँझ में मेरे पंख खुलने लगते हैं।...रज्जो का पास आकर यूँ बैठना मुझे बहुत अच्छा लगा था। अरसे बाद हम दोनों घर से बाहर...शिरीष की छाँव में बैठे थे।

रज्जो ने मुझसे कहा...''पुतुल और हेमंत...''

मैंने रज्जो की ओर देखा था और नज़रें झुका ली थीं। रज्जो के चेहरे पर दृढ़ता थी। इत्मीनान था। हमारे बीच कुछ पलों का मौन पसर गया था। ''तुम अम्मा से बात कर लो।'' रज्जो बोली।

''मैं?...तुम्हीं कर लो। अम्मा को भला क्या एतराज़ होगा!''

मेरी बात पर रज्जो के होंठ हिले थे। कोई आवाज़ नहीं। पर मैं समझ गया था कि रज्जो क्या कह रही है। कुछ देर तक फिर अबोला रहा हमारे बीच। रज्जो उठी। मेरी ओर देखती रही। मैं ख़ाली मैदान की ओर देख रहा था। बच्चे जा चुके थे। साँझ तेजी से रात में तब्दील हो रही थी। मेरी पीठ पीछे खड़े शिरीष के पेड़ों के ऊपर से...मैदान के दाईं ओर कॉलोनी की फेंस की दीवारों के उस पार से...बाईं ओर मैदान के उस पार बने क्वार्टरों की छतों से उतरकर अँधेरा मैदान में भरने लगा था। अँधेरे को ठेलने की कोशिश में नाकाम हवा मुँह चुराकर जाने कहाँ छिप गई थी। कुछ देर पहले तक जो हवा मन-प्राण को उत्फुल्ल बना रही थी, उसका यूँ अचानक पराजित होकर छिप जाना मुझे बेचैन कर रहा था।

''यहीं बैठे रहोगे...चलना नहीं?'' रज्जो ने पूछा। उसका स्वर संयत था।

''नहीं...अभी कुछ देर और बैठूँगा।...अम्मा से बात कर लेना...जितनी जल्दी हो सके बात कर लेना...।'' मेरा स्वर टूट रहा था।

''तुम चलो तो सही यहाँ से...'' उसका संयत स्वर दयार्द्र हो चला था।... ''रात-बिरात इस तरह मत भटका करो। देख ही रहे हो कि आजकल पुलिस बेवजह लोगों के पीछे पड़ी रहती है। कल हेमंत के एक दोस्त को सारी रात थाने में बिठाए रही पुलिस।...चलो।''

हम दोनों साथ-साथ चल रहे थे शिरीष के पेड़ों के नीचे बनी पगडंडी पर। अँधेरे के बीच आकंठ डूबे थे हम दोनों, पर राह परिचित थी, सो चले जा रहे थे। जहाँ शिरीष के पेड़ों का सिलसिला ख़त्म होता था, वहीं से राह मुड़ती थी दाहिनी ओर और बाईं ओर क्वार्टरों का सिलसिला शुरू होता था।

''तुम सहेजो अपने को...'' रज्जो ने चलते हुए मेरा हाथ पकड़ लिया। ''...मैं तुम्हें बदलने को नहीं कह रही। जानती हूँ, तुम्हें बदल नहीं सकती...चाहती भी नहीं कि तुम बदलो,...पर सहेज तो सकते हो अपने को।...पुतुल और हेमंत हमारे लिए साझा दायित्व हैं। हेमंत ने पापा से बात की है। मेरी माँ तो बहुत ख़ुश है।...पर माँ-पापा दोनों चाहते हैं कि पहले मेरी शादी हो जाए...।''

रज्जो की हथेली का कसाव बढ़ता जा रहा था। मुझे मरते हुए अपने पिता की हथेली का कसाव याद आ रहा था। मरते समय उनके लकवाग्रस्त हाथों में जाने कहाँ से सौ-सौ हाथियों की ताक़त आ गई थी। उन्होंने अचानक मेरा हाथ पकड़ लिया था। अक्सर बन्द रहने वाली उनकी आँखें विस्फारित हो गई थीं और उनमें क्रोध के बदले करुणा की बाढ़ आ गई थी। अपनी अस्फुट गों-गों करती हुई आवाज़ में वह कुछ कहना चाह रहे थे।...मानो अपनी हथेलियों के कसाव और अपनी अस्पष्ट आवाज़ में कोई याचना कर रहे हों। रज्जो की हथेलियों के कसाव में भी याचना थी। अदृश्य याचना।

शिरीष के पेड़ों का सिलसिला ख़त्म हो गया था। रज्जो की हथेली का कसाव धीमा हुआ। हमें दाईं ओर मुड़ना था। यहाँ से क्वार्टरों की क़तारें थीं, जो आगे जाकर दाईं ओर मुड़कर मैदान के उस पार बने क्वार्टरों वाली क़तार से मिल जाती थीं। घरों की खिड़कियों-दरवाज़ों से छनकर आती रोशनी के टुकड़ों की हल्की मरियल-सी उजास फैली हुई थी। वह रुकी। मेरी ओर देखा। वह अँधेरे को चीरकर मेरी आँखों की राह मेरी आत्मा के अतल में उतरती हुई बोल रही थी "...मैंने पापा को कह दिया है कि मैं अभी शादी नहीं करूँगी।...हेमंत अगर तैयार है शादी के लिए तो मुझे कोई एतराज़ नहीं।...पर...अगर...।"

रज्जो के इस 'पर...अगर' में सवाल थे। अनगिन सवाल। मैं क्या जवाब देता भला! सवाल चाहे कितने भी सही और ज़रूरी हों, उनके जवाब हर बार मिल ही जाएँ यह ज़रूरी नहीं। मैं उसके सवालों के जवाब नहीं दे सकता था। जवाब थे भी नहीं मेरे पास। मैंने कहा, "तुम अम्मा से बात कर लो...जितनी जल्दी हो सके...।"

रज्जो ने मेरा हाथ छोड़ दिया था। हम दोनों आगे बढ़े। पहले रज्जो का क्वार्टर था। उसके बाद आगे की पंक्ति में बाईं ओर मुड़ने पर मेरा क्वार्टर, जिसे ख़ाली करने के लिए अन्तिम सरकारी नोटिस आ चुका था। मैं आगे निकला। मैं जानता था, रज्जो वहीं खड़ी मुझे जाते हुए देख रही होगी...लगातार...अपलक...। बाईं ओर मुड़ते ही मुझे रज्जो दिखी थी।

सचमुच अजीब दिन थे। विचित्रताओं से भरे हुए दिन। इस बीच पुतुल की नौकरी के काग़ज़ात आ गए। उसने यहीं...इसी शहर के उसी दफ़्तर में, जिसमें बाबूजी काम करते थे, कम्प्यूटर डाटा ऑपरेटर के पद पर ज्वाइन किया। रज्जो के पापा ही उसके इमीडियट बॉस थे, सो सब कुछ बहुत सहजता से हुआ। जिस दिन पुतुल ने ज्वाइन किया उसी शाम मेरे शोधगुरु प्रोफेसर रणविजय सिंह ने मुझे बुलाया था और साफ़-साफ़ कहा था कि मैं उनके धैर्य की परीक्षा न लूँ...कि उनका धैर्य अब जवाब देने लगा है...कि मुआमला सिर्फ़ शोध का नहीं है और उनके पास

मुझे तबाह करने के और भी हथियार हैं...ऐसे अचूक हथियार जिससे मुझे कोई नहीं बचा सकता...आदि...आदि...।

ये अजीब दिन...विचित्र दिन आगे सरकते रहे। अम्मा ने पुतुल और हेमंत के विवाह की अनुमति दी। रज्जो के माता-पिता ने उत्साह और सम्मान के साथ पुतुल को अपनी बहू बनाया। सबकुछ सादगी के साथ सम्पन्न हुआ। पूरे प्रकरण में रज्जो किसी अनुभवी दादी-नानी की तरह सूत्र संचालन करती रही। हेमंत ने बमुश्किल बी.ए. पास किया था, सो उसके पिता ने शहर के एक नए बने शॉपिंग कॉम्प्लेक्स में उसके लिए स्टेशनरी की एक दुकान खुलवा दी। अम्मा ने हेमंत और पुतुल के विवाह के लिए राज़ी होने से पहले रज्जो के सामने शर्त रखी थी कि अब रज्जो और मेरे बारे में वह अपने जीते जी कोई बात नहीं सुनेंगी। यह रहस्य रज्जो ने नहीं, ख़ुद अम्मा ने पुतुल को विदा करने के बाद लगभग पश्चाताप के स्वर में खोला था और साथ ही अपनी बातों से यह भी संकेत दिया था कि वे अपनी इस शर्त पर जीते जी अडिग रहेंगी ताकि ऊपर जाकर पति का सामना कर सकें। बिना बाप की बेटी की ज़िम्मेदारी उनकी लाचारी थी, सो जो बन सका, उन्होंने किया या जो हुआ, उसे स्वीकार किया।...पर मैं उनकी लाचारी नहीं था, सो मेरे पिता का मान रखने के लिए वे तय कर चुकी थीं कि मैं और रज्जो अब एक नहीं हो सकते।

पेंशन से अम्मा की गृहस्थी चल रही थी। इस बीच रज्जो इंडियन रेवेन्यु सर्विसेज के लिए चुनी गई। जिस दिन यह ख़बर आई हमारे परिवारों में पर्व-त्योहार का माहौल था। रज्जो की सफलता ने कई तरह की ख़ुशियाँ दी थीं। ज़िलाधिकारी के कार्यालय में लोअर डिविज़न क्लर्क से एडमिनिस्ट्रेटिव ऑफिसर बने रज्जो के पिता की हैसियत में उछाल आ गया था। मेरी अम्मा इस बात को लेकर ख़ुश थीं कि अब मेरी और रज्जो की हैसियत में आसमान-ज़मीन का फ़र्क़ आ गया था, जिससे हमारे विवाह की सम्भावनाएँ अम्मा के जीवन-काल के बाद तक के लिए मिट गई थीं। मैं ख़ुश था कि अब रज्जो को कोई यह नहीं कह पाएगा कि वह मेरे चक्कर में बरबाद हो गई।...और रज्जो ? एक रज्जो ही थी जिसके मन की थाह मुश्किल थी। अजीब है यह लड़की ! अपने मन को अपनी मुट्ठी में भींचे रहती है। पहले ऐसा नहीं था। रज्जो ही थी जो पल-छिन में मौसम बदल देती थी। पंछियों की तरह फुदकती हुई चलती...कभी झिर-झिर बहती पुरुवा की तरह लहराती तो कभी तेज़ पछिया की तरह उड़ती फिरती। कितने अलग थे वे दिन जब वह बात बे-बात मुझसे लड़ती...मेरे आलस्य और चीज़ों को बिखराए रहने की मेरी आदत पर बड़बड़ करती...। बिजली-सी एक चमक, जो भरी रहती थी उसकी आँखों में...जाने कहाँ छिटककर चली गई! कदम्ब के फूल की तरह भरी-भरी सी अपनी देह को बिसार ही दिया था रज्जो ने। धीरे-धीरे बदलती गई रज्जो। कब और कैसे

बदली, पता ही नहीं चला। जैसे आश्विन माह के निरभ्र आकाश में विहरते चन्द्रमा को लील जाए कोई, वैसे ही उसकी कान्ति बुझ गई थी। पुतुल और हेमंत ने रज्जो की सफलता पर पार्टी दी। कॉलोनी के बीच वाले मैदान में पंडाल बना था। पूरी कॉलोनी ने जश्न मनाया। रज्जो के पिता के भाग्य से ईर्ष्या करते हुए लोग आए और उन्हें बधाई दी। मैं सबसे अन्त में पहुँचा था। लगभग सारे लोग जा चुके थे और चीज़ें समेटी जा रही थीं। जिस दिन यह पार्टी थी, उसी दिन मेरे शोधगुरु प्रोफेसर रणविजय सिंह की नीम पागल बेटी ने छत से कूदकर आत्महत्या कर ली थी और मैं उसके दाह-संस्कार से लौटा था।...सच, कितने भयावह थे वे दिन!

रज्जो अपनी नौकरी के प्रशिक्षण के लिए दूसरे शहर चली गई। उसे विदा करने उसका सारा परिवार स्टेशन गया था। अम्मा भी थीं। मैं भी गया, पर ट्रेन खुलने पर। स्टेशन पहुँचा तो ट्रेन सरक रही थी। मैंने...हम दोनों ने एक-दूसरे को देख लिया था। दोपहर बाद की ट्रेन थी। मैं अमूमन शाम को घर में नहीं रहता था, पर उस शाम मैं कहीं नहीं गया। स्टेशन से सीधे घर लौटा और फिर घर से बाहर निकला ही नहीं। अम्मा रज्जो के घर पर थीं। बेटी के बिछोह में रोती-बिसूरती रज्जो की माँ को ढाढ़स देने में लगी थीं।

मुझे कई दिनों से लग रहा था मेरे भीतर कुछ सड़ रहा है और मैं उस सड़ाँध की बू से परेशान था। क्या बताता किसी को या क्या पूछता किसी से!...यही कि मेरे भीतर कुछ सड़ गया है या सूँघकर बताओ मुझे कि क्या सचमुच मुझसे कुछ सड़े हुए की बू आ रही है? कई बार लगता घर में ही कहीं कुछ सड़ रहा है। उस शाम मैं घर पहुँचकर बहुत देर तक परेशान रहा। फिर कई दिनों से इधर-उधर बिखरी अपनी क़िताबों...पुराने दिनों की कुछ तस्वीरों...कुछ ख़तों...अख़बारों की कुछ कतरनों...कुछ कैसेट्स...सबको तरतीब देने में लगा रहा था। काग़ज़ के टुकड़ों पर जहाँ-तहाँ पड़ी अपनी कविताओं को सहेजता रहा था। अरसे बाद कैसेट प्लेयर को हाथ लगाया और फ़ैज़ को सुना...मक़ाम फैज़ कोई राह में जँचा ही नहीं...जो कूए-यार से निकले तो सूए-यार चले...। मन थोड़ा हल्का हुआ। सोच रहा था कि कुछ लिखूँ कि...। मैंने पहले ही कहा था न कि उन दिनों कुछ अच्छा भी होता, तो ऐसे अचानक होता कि मन के भीतर भय की लकीर छोड़ जाता।...अब भला संगीत से अच्छा और क्या हो सकता है इस पृथ्वी पर, संगीत सुनते-सुनते मुझे किसी दूर देश में दिखने वाला वह कल्पित तारा सुहेल याद आ गया, जिसके उदित होते ही पूरी प्रकृति में एक गंध फैल जाती है...मादक गंध और इस गंध से पृथ्वी के सारे जीव मर जाते हैं।...मेरी देह काँपने लगी थी और मैं घुटनों में मुँह छिपाकर बिस्तर पर बैठ गया। अपनी थरथराती देह पर क़ाबू पाने की कोशिशें करता रहा। पर अन्दर बाहर सब काँपता रहा। मन मेरे वश में नहीं था और अपनी देह से

अपरिचित ही रहा था अब तक, सो बहुत देर तक वैसे ही घुटनों में मुँह छिपाए बैठा रहा।...दरवाज़ा खुला था। सच कहूँ, मैं रज्जो की प्रतीक्षा कर रहा था। जाने क्यों मुझे लग रहा था कि रज्जो आ रही है। अगले किसी स्टेशन पर उतरकर उसने वापसी की ट्रेन पकड़ ली है और अब बस पहुँचने ही वाली है।...घुटनों में मुँह छिपाए हुए उस रात कब मैं बिस्तर पर लुढ़क गया,...कब अम्मा घर लौटीं...मुझे कुछ पता नहीं।

सुबह अम्मा की आवाज़ से नींद खुली। "उठ।...देख पुलिसवाले आए हैं।...पूछ रहे हैं तुझे...।" अम्मा के चेहरे पर घबराहट थी। मैं कुछ जानूँ-समझूँ इसके पहले वे सब धड़धड़ाते हुए भीतर घुस आए। आठ-दस रहे होंगे। उनमें से एक शिकारी कुत्ते की तरह मेरे ऊपर झपटा था। उसने मुझे बिस्तर से नीचे खींचा और बेरहमी से मेरी एक बाँह मोड़कर पीठ पर चढ़ा दी थी।

"क्या नाम है तुम्हारा?"

मैंने अपना नाम बताया।

"बाप का नाम?"

मैंने पिता का नाम बताया।

"साले नक्सलाइट, घर में घुसरे बैठे हो...बिल में घुसे हो चूहे की तरह और हम लोग महीनों से तुम्हारे लिए दर-दर भटक रहे हैं।...चल साले तेरा खेल खतम। अब हमारा खेल चालू। चल...। बम पटकने में तो बहुत मजा आया होगा राजा...अब फटेगी स्साले तुम्हारी...।" मैं चल रहा था, पर वे घसीटते हुए ले जाना चाहते थे, सो घसीटते हुए ले चले।

इसके बाद के दिन हस्ब-ए-मामूल गुज़रे। हाजत। हाजत में गाली-गलौज,...मार-पीट। कोर्ट में पेशी। पुलिस रिमांड पर पन्द्रह दिनों तक रौरव नर्क की सी यातना। फिर जेल।...रज्जो के पिता अपनी प्रतिष्ठा-हनन को लेकर क्षुब्ध और अपनी सरकारी नौकरी के कारण इस प्रकरण से तटस्थ। अम्मा के वश का कुछ था नहीं और हेमंत की सीमाएँ थीं। एक ओर पिता और दूसरी ओर उसका नया-नया शुरू हुआ व्यवसाय। उससे जितना भी सम्भव था, लगा रहा। आज भी मुक़दमे की पैरवी में कोर्ट-कचहरी के चक्कर वही काटता है। शुरू-शुरू में अम्मा हर हफ़्ते जेल में मिलने आती थीं और मुझे देखते ही रोने लगतीं। मैंने अम्मा से तो कुछ नहीं कहा, पर हेमंत को कहा कि वह अम्मा को समझाए कि हर हफ़्ते...। पता नहीं हेमंत ने समझाया या स्वयं उन्होंने अपने को! धीरे-धीरे अम्मा के आने का अन्तराल बढ़ता गया। ज़ख़्म भले न भरें, पर समय उन पर पपड़ी तो डाल ही देता है। और अम्मा तो ऐसे पपड़ियाए ज़ख़्मों के साथ जीने की अभ्यस्त थीं। पति का आतंक,...दो बच्चों की अकाल-मृत्यु...पुतुल का विवाह...। पहले लोअर कोर्ट ने

बेल पेटिशन ख़ारिज किया और उसके बाद हाईकोर्ट ने। हेमंत की सारी कोशिशें बेकार गईं। हाईकोर्ट से बेल पेटिशन ख़ारिज होने के बाद मुझे ख़तरनाक़ प्रजाति का क़ैदी मानते हुए ज़िला जेल से राजधानी की सेन्ट्रल जेल में ट्रांसफर कर दिया गया था।

अब सब ठीक-ठाक है। वो अजीब समय...विचित्रताओं से भरा समय अब जा चुका है। अब हादसों का मौसम नहीं रहा। बाबूजी के पेंशन से अम्मा का गुज़ारा चल जाता है। देखरेख के लिए पुतुल है ही पास में। बाबूजी वाला क्वार्टर पुतुल के नाम अलॉट हो गया है। महीने दो महीने पर सबका हाल-समाचार देने हेमंत आ जाता है। वैसे भी अपने व्यवसाय के सिलसिले में उसका आना-जाना लगा ही रहेगा। पिछली बार वह अम्मा के हाथ के बनाए शक्करपारे लाया था। सुकून से कट रहे हैं मेरे दिन। जेल के साथियों को पढ़ाना चाहता हूँ, पर जेलर तैयार नहीं। उसका कहना है कि मैं बेहद ख़तरनाक़ क़ैदियों की कॅटेगरी में हूँ, सो मुझको इसकी इजाज़त नहीं दी जा सकती। पर उसने मुझे आश्वासन दिया है कि वह जेल आईजी को इस बाबत लिखेगा।...हाँ, रातों को अब भी नींद नहीं आती। पहले भी नहीं आती थी। बस इतना ही फ़र्क़ है कि आजकल अगर कभी नींद आती है, तो मुझे सपने में अपने शहर का वह अहिंसा मैदान दिखने लगता है और मैं चौंक कर जाग जाता हूँ। सोचने लगता हूँ कि विस्फोट से बना वह विशाल गड्ढा क्या सचमुच भरा जा सकता है?...क्या वे इसे भर सकेंगे?...इतनी माटी लाएँगे कहाँ से वे?...या फिर उस गड्ढे को मेरे शहर के हत्यारे भरेंगे लाशों से? मेरी गिरफ़्तारी से पहले मेरे शहर के स्थानीय समाचार-पत्रों में एक ख़बर आई थी कि अहिंसा मैदान के बीच के हिस्से को पार्क में विकसित किया जाएगा और उसमें गाँधी की प्रतिमा लगेगी। वह गड्ढा ठीक बीचोबीच तो नहीं, लगभग बीच में है। मैं सोचता रहता हूँ कि अगर हत्यारों ने उस गड्ढे को लाशों से भर दिया तो?...तो क्या उसके ऊपर की माटी पर फूल लगाएँगे सब। अगर फूल लगे, तो कौन से फूल लगेंगे?...गुलाब?...मोगरा?...सेवंती?...वैजयंती?...या फिर गोभी के?...जैसे भागलपुर में एक कुएँ को लाशों से पाटकर...उसके ऊपर माटी डालकर गोभी के फूल उगाए गए थे!...अगर मैं इस समय अपने शहर में होता, तो पता करता कि आख़िर वे क्या करना चाहते हैं! पर क्या मैं रज्जो के जाने के बाद...अगर गिरफ़्तार नहीं होता तो भी,...वहाँ रज्जो के बिना रह सकता था?

(दृश्यांतर, अप्रैल 2014)

उदासियों का वसंत

वे चले जा रहे थे।

श्लथ पाँव। छोटी-सी मूँठवाली काले रंग की छड़ी के सहारे। यह छड़ी कुछ ही दिनों पहले,...कल ही, उनकी ज़िन्दगी में जबरन शामिल हुई थी,...बिन्नी की ज़िद पर।

वे छड़ी ख़रीदने के पक्ष में नहीं थे। किसी के सहारे, चाहे वह कोई निर्जीव वस्तु ही क्यों न हो, चलना उन्हें प्रिय नहीं। पर भला बिन्नी कहाँ माननेवाली! ज़िद पर अड़ जाती है तो एक नही सुनती। तमाम तर्क,...''आपको अभी ज़रूरत है।...छड़ी लेकर चलने से कोई बूढ़ा थोड़े ही हो जाता है,...अभी आपको चलते हुए सतर्क रहने को कहा है डॉक्टर ने।...नेलिंग हुई है पिंडली में और पाँव पर ज़रा भी ज़्यादा ज़ोर नहीं पड़ना चाहिए।...छड़ी रहेगी तो वजन सम्भालेगी।...पहाड़ी रास्ते हैं,...ऊपर-नीचे,...चढ़ना-उतरना,...हर बात में आपकी मनमानी नहीं चलेगी...!''

बोलते हुए वह दम नहीं लेती। एक बार शुरू हो गई तो रुकने का नाम नहीं लेती है यह लड़की। लड़की ही तो है बिन्नी। उनके सामने तो लड़की ही है। वे दो साल बाद पचास के हो जाएँगे और बिन्नी अभी इक्कतीस की है। सत्रह वर्षों का अन्तराल कम नहीं होता। उन्हें बिन्नी की बात माननी ही पड़ी और यह छोटी-सी मूँठवाली काले रंग की छड़ी उनकी ज़िन्दगी में शामिल हो गई।

वे चल रहे थे। अवसन्न मन। थके-हारे। मन के अतल में गहरे,...कहीं बहुत गहरे छिपी कोई हूक उनका कलेजा चीरकर बाहर आने को बेचैन थी। उमड़-घुमड़ रही थी। सप्तम स्वर में बजते शंखध्वनि-सी शून्य में जाकर अटकी हुई कोई चीख़। पकती,...सयानी होती,...सिकुड़ती त्वचा के नीचे चुभतीं अस्थियों की किरचें। आँखों की कोर पर सहमी हुई नमी...। दिवंगत होता सा कुछ,...लोप होता हुआ कुछ...। कुछ नहीं,...बहुत कुछ। कुछ जाना-सा और कुछ अनजाना। सब धीरे-धीरे, बिना किसी आहट के दूर जाता हुआ।

वे चले जा रहे थे अपनी आत्मा में लहराती अग्निपताकाएँ लिये। इन

अग्निपताकाओं में उभरता-छिपता आत्मा के घाव-सा बहुत कुछ लहरा रहा था। कुछ बहुमुँहे घाव,...कुछ बन्द मुँहवाले और कुछ खुले मुँहवाले घाव। एक मौन भी था ठिठका हुआ, जिसे वे अपने साथ लिये चल रहे थे।

हल्की चढ़ाई थी। एक कॉटेज था सामने, जिसकी ओर बढ़ रहे थे वे पाँव घसीटते हुए। जब बिन्नी ने केरल चलने का प्लान बनाया, उन्हें मुन्नार याद आया। मुन्नार तब और छोटा था,...बहुत छोटा। बस स्टैन्ड के पास चार-पाँच दुकानें और चालीस-पचास घर। आज भी छोटा ही है, पर पहले के मुक़ाबले बड़ा। मुन्नार से थोड़ी दूरी पर,...लगभग दस-बारह किलोमीटर दूर थी वह जगह। वे उस जगह का नाम भूल चुके थे। बीस साल पुरानी डायरी निकालकर उन्होंने उस जगह का नाम ढूँढ़ा—लछमी इस्टेट। लक्ष्मी नहीं,...लछमी। चारों ओर पहाड़ों की ढलान पर चाय के बागान। करीने से कटे-छँटे चाय के पौधों की झाड़ियों के बीच से ऊपर जाती चक्करदार सड़क। बीच-बीच में सघन वन। ऊँचे, नाटे, छायादार, पत्रहीन,...तरह-तरह के वृक्षों, लताओं और वनस्पतियों से लदे हुए पहाड़। इन्हीं पहाड़ों में से एक के शिखर पर था वह कॉटेज।

जब मुन्नार आना अन्तिम रूप से तय हो गया और ठहरने के लिए लिए बिन्नी होटल का चुनाव करने बैठी उन्होंने इस जगह का ज़िक्र किया। बिन्नी ने गूगल मैप पर यह जगह ढूँढ़ निकाली। मुन्नार से पूरब की ओर जाती इस सड़क पर स्मृतियों के सहारे धीरे-धीरे वे आगे बढ़ते रहे और जैसे ही यह जगह,...ये कॉटेज दिखा वे बच्चे की तरह चहक उठे थे—"...यही,...यही है,...हन्डरेड परसेन्ट यही है।...ये फाटक के पास वाला पेड़ अब बड़ा हो गया है बस।...और वो जो..." जैसे धरती का सीना फाड़कर अचानक कोई जलसोता फूट पड़ा हो! बिन्नी उन्हें नन्हे शिशु की तरह उत्साह,...उमंग और कौतूहल से भरते,...छलकते हुए एकटक निहार रही थी। वे अपनी रौ में थे—"ये जो पेड़ है न,...कामिनी का पेड़ है। जब हम लोग यहाँ रुके थे, उन दिनों यह सफ़ेद फूलों से लदा हुआ था।...युवा पेड़...फूलों से लदा हुआ। एक तो युवा और ऊपर से फूलों की चादर लपेटे आपके स्वागत के लिए द्वार पर खड़ा।...अनूठा लगता था।...मेरे दोस्त गोपी नायर का कॉटेज था यह। गोपी अक्सर यहाँ आकर महीनों रहता। उसने इसे लछमी इस्टेट वालों से दो साल के लिए लीज पर लिया था। उसकी ही सलाह पर...या उसके ही आमंत्रण पर मैं राधिका और नन्ही-सी टुशी के साथ केरल घूमने आया था। मुन्नार के इस कॉटेज में हमलोग दस दिनों तक रुके रहे थे। पता नहीं अब इसका कौन मालिक होगा! किसी ने ले रखा होगा या लछमी इस्टेट वालों ने अपने चाय बागान के किसी मुलाजिम को दे रखा होगा!...गोपी भी तो नहीं रहा। सात-आठ साल हुए किसी सड़क दुर्घटना में...। इस कॉटेज के पीछे ढलान है।...नीचे की ओर उतरती सपाट

ढलान। दाईं ओर वाली पहाड़ी से तेज वेग के साथ उतरकर एक पहाड़ी नदी इस ढलान के बीचोबीच गुज़रती है।...मैं इन दस दिनों में रोज़ इस नदी से मिलने जाता था। जाने क्यों यह नदी मुझे बहुत अपनी-अपनी सी लगती थी। पहाड़ से उतरती हुई यह नदी वेगवती ज़रूर थी पर संयम वाली भी लगती। इसके प्रवाह में लय थी। उतरती हुई आलाप ध्वनि जैसी गम्भीरता थी। वृक्षों-लताओं से हवाओं के मिलन की,...पंछियों की बतकही की,...और पुकारों की अन्तर्ध्वनियों के अनगिन राग इसके प्रवाह की ध्वनियों में शामिल थे।...गुँथे थे...''

वे बोले जा रहे थे और बिन्नी उन्हें अपलक निहारती,...शब्द-शब्द पीती जा रही थी। ''तुम उस नदी को ढूँढ़ो।...आगे ले चलो कर्सर।...ज़रूर दिख जाएगी वो नदी।...ऐसी नदियाँ,...पहाड़ों से उतरनेवाली नदियाँ मरती नहीं।...वह होगी वहीं कहीं। मुझसे ज़्यादा तो टुशी को उस नदी से प्यार हो गया था। दो-ढाई साल की टुशी सुबह उठते ही नदी से मिलने जाने के लिए उतावली हो उठती थी।...मैं उसके तट से गोल,...चिकने,...चमकते हुए तरह-तरह के छोटे-छोटे पत्थरों को चुनता और टुशी के सामने ढेर लगा देता। टुशी उन पत्थरों से खेलती। कभी घर बनाती, कभी-कभी पेड़ और कभी फूल,...पत्थर के फूल।''

वे बेचैन हो गए थे उस नदी को देखने के लिए।...वे वहीं उसी पहाड़ी पर बने किसी कॉटिज में ठहरना चाहते थे ताकि उस कॉटिज को एक बार फिर देख सकें। फूलों की चादर ओढ़कर खड़े कामिनी के उस पेड़ को, जो अब अधेड़ होने लगा होगा, देख सकें। वे उस नदी से मिलना-बतियाना चाह रहे थे जिसके तट पर उनकी बेटी टुशी ने पत्थरों के टुकड़ों से घरौंदे,...पेड़ और फूल बनाए थे। वे फिर उस नदी के पाट के बीच उतरकर उसकी जलधारा को स्पर्श करना चाहते थे। वे चाहते थे उन सारी आवाज़ों को फिर से सुनना, जिन्हें वे अब तक अपनी स्मृतियों में बचाए हुए थे।

इन्टरनेट पर काफी समय गँवाने के बाद बिन्नी लछमी इस्टेट में ठीक इस कॉटिज से लगभग एक फर्लांग पहले एक होम स्टे बुक करा सकी। जोसेफ होम स्टे। दिल्ली से कोच्चि की हवाई यात्रा।...कोच्चि से मुन्नार सड़कमार्ग से। टैक्सी वाला एक रिटायर्ड फ़ौजी था और कामचलाऊ अंग्रेज़ी के साथ-साथ अच्छी हिन्दी बोल रहा था। ख़ुशमिज़ाज भी था, सो सारी राह वे उससे गप्पें करते रहे। टैक्सी वाला फ़ौज के अपने क़िस्से सुनाता और वे रस लेकर सुनते। बीच-बीच में बच्चों की तरह अपनी जिज्ञासाएँ प्रकट करते। कभी-कभी वे टैक्सी वाले को छेड़ने के लिए किसी घटना पर सन्देह प्रकट कर देते, पर वह भी था जीवट वाला आदमी। हर तरह से उन्हें सन्तुष्ट करने की कोशिश करता। उसने रास्ते में एक जगह रुककर इडियप्पम खाने की सलाह दी। उन्होंने स्वाद लेकर इडियप्पम खाया और अनिच्छा

के बावजूद बिन्नी को भी खिलाया। मुन्नार पहुँचते-पहुँचते शाम हो गई थी। एक बार सबको चाय-कॉफी की तलब लग आई थी। चाय पीते हुए ही बिन्नी की नज़र उस दुकान पर गई थी, जिसमें तरह-तरह के हैट्स और छड़ियाँ टँगी थीं। ज़िद्दी बिन्नी ने उनकी एक न सुनी और यह छोटी मूँठवाली काले रंग की छड़ी उनकी ज़िन्दगी में शामिल हो गई।

जोसेफ ने बस स्टैन्ड पर आदमी भेज दिया था। वह आगे-आगे मोटरसायकिल से राह दिखाते हुए चल रहा था। हालाँकि उनके होते किसी राह दिखाने वाले की,...किसी रहबर की ज़रूरत नहीं थी। उन्हें सब कुछ याद था। बारीक़ से बारीक़ डीटेल्स पर हमेशा उनकी नज़र रहती और बातें,...ध्वनियाँ,...दृश्य सब उनकी स्मृतियों में बस जाते। ज़रूरत पड़ने पर वे यह सब अपनी स्मृतियों के ख़ज़ाने से यूँ निकालते, जैसे कोई जादूगर अपनी जेब से कबूतर निकालकर उड़ा रहा हो। जोसेफ होम स्टे पहुँचते-पहुँचते अँधेरा हो चुका था। स्वागत के लिए जोसेफ कॉटेज के गेट पर खड़ा था। घुँघराले बालों वाले तीस-पैंतीस साल के जोसेफ ने मुस्कुराते हुए स्वागत किया था।

यह कॉटेज दो हिस्सों में बँटा था। आगे के हिस्से में दो बेडरूम, एक लिविंग रूम और सामने बरामदा और फूलों से सजा लॉन। पीछे की ओर था एक बेडरूम, एक लिविंग रूम, छोटा सा बरामदा और सामने छोटा-सा ढालुआँ लान, जिसमें फूलों की पतली क्यारियाँ थीं। कँटीले तारों के फेंस से घिरे इस छोटे लॉन के बाद घना जंगल था। दीर्घ जीवन जी चुके शाल के ऊँचे अनुभवी वृक्षों के बीच-बीच में कई अन्य प्रजातियों के वृक्ष थे और फूलों से लदफद जंगली लताएँ थीं। सूर्य इसी ओर से हर सुबह घने वन के गझिन संसार में प्रवेश करते और अपनी लालिमा से ढक देते वृक्षों की काया को। वृक्षों से छनकर जब नीचे गिरतीं किरणें, जंगल की धरती लाल फूलों की छापेवाली चुनरी की तरह लहरा उठती।...जब उन्होंने इस हिस्से को ही पसन्द किया, जोसेफ ने रात को, सोने से पहले दरवाज़ों-खिड़कियों को हर हाल में बन्द रखने का आग्रह किया था और अक्सर जंगली जानवरों के आ जाने की सूचना दी थी। इस कॉटेज से लगभग पचास फीट नीचे जोसफ होम स्टे का मुख्य और अपेक्षाकृत बड़ा कॉटेज था। वहाँ से यहाँ आने-जाने के लिए पत्थरों को तराश कर सीढ़ियाँ बनी थीं। नीचे वाले हिस्से में ही किचन था। दोनों कॉटेज इन्टरकॉम से जुड़े थे। वे रात को ही ऊपर जाकर उस कॉटेज को देखना चाहते थे, जिसमें वह अपनी पहली मुन्नार यात्रा के दौरान राधिका और टुशी के साथ ठहरे थे, पर जोसेफ की सलाह पर उन्हें रुकना पड़ा। बिन्नी कमरे को उनकी रुचि के हिसाब से व्यवस्थित कर रही थी और वे जोसेफ से उस ऊपर वाले कॉटेज के बारे में जानकारियाँ ले रहे थे। उस कॉटेज को इन दिनों भारतीय मूल की किसी फ्रांसिसी

महिला ने लीज़ पर ले रखा था। वह साल में एक बार दो-तीन महीनों के लिए आती थी और बाक़ी दिनों में वह कॉटेज बन्द ही रहता। एक स्थानीय आदमी उसकी देख-रेख करता। महीने में एक बार साफ़-सफाई कर देता।

बिन्नी ने रात के खाने के लिए जोसेफ को बताया। कोकोनट मिल्क में बना चिकन और सादी रोटियाँ। वे केरल के लच्छा पराठे खाना चाहते थे, पर जानते थे कि बिन्नी किसी क़ीमत पर राज़ी नहीं होगी। बिन्नी ने कुछ स्नैक्स तुरन्त लाने को कहा था और वे फिर किसी बच्चे की तरह ख़ुश हो गए थे अपनी पसन्द का ड्रिंक मिलने की प्रत्याशा में। इस मामले में बिन्नी के हुनर का कोई जवाब नहीं। उसे मालूम है कि उन्हें कब, क्या और कितना ड्रिंक चाहिए और किस ड्रिंक के साथ कौन-सा स्नैक्स।

उनकी रात सहज ही गुज़री थी। लम्बी यात्रा की थकान थी।...और स्मृतियाँ भी तो थकाती हैं कभी-कभी, जब वे ठाट की ठाट उमड़ती हुई बे-लगाम चली आती हैं। उन्होंने बिन्नी के हाथों तैयार दो पेग ग्लेनविट लिया और कोकोनट मिल्क में पके चिकन के दो टुकड़ों के साथ दो फुल्की रोटियाँ। बीस साल पहले यहाँ रोटियों के लिए तरस कर रह गए थे वे। बिन्नी एक छोटा पेग लेकर साथ देने बैठती है। कभी पूरा ले लेती है, तो कभी उस इकलौते छोटे पेग का भी बहुत सारा भाग छोड़ देती है। उनकी नज़र में यही एक बुरी आदत है बिन्नी में कि वह ड्रिंक बरबाद करती है।...फिर बिन्नी की बाँहों में बँधकर सारी रात इत्मीनान से सोते रहे वे। पहली बार बिन्नी के साथ सोए।...सुकून के साथ,...निर्भय होकर। वैसे बिन्नी का साथ उन्हें भयभीत नहीं करता, निर्भय करता है। एक आश्वस्ति का भाव,...जो दुःखों और निराशा के अंधकूप से बाहर आने के बाद मिलता है,...वैसा ही भाव भर जाता है उनके भीतर जब बिन्नी साथ होती है। पता नहीं बिन्नी कब सोई या कब तक जागती रही। उन्होंने बिन्नी को अपनी बाँहों में भरा या बिन्नी ने,...उन्हें नहीं पता। एक तो थकन और फिर ग्लेनविट का सुरूर। सुबह जब उनकी आँखें खुलीं, उनकी उम्मीद के विपरीत बिन्नी गहरी नींद सो रही थी। बिन्नी उन्हें अक्सर बताती रही थी कि वह रात को चाहे कितनी भी देर से सोए, पर जागती अलसुब्ह है और दिन में नींद की क्षतिपूर्ति करती है।

सुबह जब उनकी नींद खुली बिन्नी की बाँहें उनसे लिपटी हुई थीं। जब उसकी बाँहें हौले से हटाकर वे उठे, वह गहरी नींद में होते हुए कुनमुनाई थी। वे उसे निहारते रहे। ज़ुल्फ़ों से झाँक रहा था उसका चेहरा। गोरा रंग,...जैसे दूध में ईंगुर घोल दिया हो किसी ने।...नींद में भी दीप्ति से भरा हुआ। बड़ी-बड़ी आँखों के बन्द पटों पर झालर की तरह टँगी बरौनियाँ। सुग्गे की चोंच-सी खड़ी नाक और कतरे हुए पान से सुघड़ होंठ,...और अधखुले बटनों वाले सफ़ेद कुर्ते से झाँकते दो

अमृतकलश। वे सम्मोहन में डूब ही रहे थे कि बिन्नी ने करवट बदल ली थी। वे अचकचा उठे थे। पल भर में उनके चेहरे पर अनगिनत भाव आए,...गए। उन्होंने अपने को सहेजा था और नित्यक्रिया से निबटकर बिन्नी की नींद में खलल डाले बिना बाहर निकल गए थे।

वे उस कॉटेज के सामने थे। वे सबसे पहले कामिनी के वृक्ष की ओर बढ़े। उसके नीचे जा खड़े हुए। उसके तने को,...नीचे तक झुक आईं डालों-पत्तियों को स्पर्श किया। कामिनी पर बहार आ रही थी। कुछ ही दिनों में यह वृक्ष फूलों की चादर से ढकने वाला था। अभी फूल कम थे, पर कलियों के गुच्छों से लदा हुआ था वृक्ष। वे कामिनी-वृक्ष से निःसृत होती गंध को अपनी साँसों में भर रहे थे। वे कुछ देर तक आँखें मूँदे वहीं,...वृक्ष के नीचे खड़े रहे। केवल उनकी आँखें मुँदी थीं।...देह और आत्मा का रोम-रोम खुल गया था। वे फाटक के बिल्कुल पास पहुँचे। लकड़ी की पतली फट्टियों से बना छोटा-सा फाटक। अपनी छोटी मूँठ वाली काले रंग की छड़ी से फाटक को ठकठकाया।...थोड़ी देर प्रतीक्षा करते रहे। फिर आवाज़ दी। कोई प्रत्युत्तर नहीं मिला। वे बेचैन हो रहे थे। वह उमड़ती-घुमड़ती हूक,...अटकी हुई चीख बाहर आने को उद्धत हो रही थी। वे कॉटेज के पीछे की ओर गए। पर कहीं कोई नहीं था। कॉटेज बन्द पड़ा था। सुनसान था। कॉटेज को छोड़कर ऊपर की ओर आगे जाती सड़क के किनारे एक मोटे तने वाला सेमल का विशाल पेड़ था। बूढ़ा पेड़, जिसकी मोटी जड़ों की कई शाखाएँ बाहर निकल आई थीं। खोड़रों वाला पेड़। इन खोड़रों में सुग्गों के घोंसले थे। वे वहीं,...सेमल-वृक्ष के नीचे, उसकी बाहर निकल आई एक मोटी जड़ पर बैठ गए थे।

उन्होंने बीस साल पहले के इस सेमल को याद किया था। इतना बूढ़ा नहीं था यह उन दिनों। इसकी विशाल काया में खोड़र नहीं थे । पंछियों के घोंसले ज़रूर थे, पर ऊपर की डालों पर। अब भी होंगे। उन्हें पतली-छोटी चोंच, सुनहले सिर और नीले रंग के पंखों वाली थ्रश चिड़ियों का वह झुंड याद आया, जो इस सेमल पर रहता था। सुबह उनकी मीठी आवाज़ से नींद खुलती और वह टुशी को लेकर सामने के बरामदे में आ जाया करते थे। नन्ही टुशी इनको देखकर ख़ूब ख़ुश होती। इक्के-दुक्के ग्रे हार्न बिल भी दिख जाया करते थे। पीली, कठोर और बड़ी चोंच वाले भूरे पक्षी। टुशी उन्हें देखकर डरती थी। वे सोच रहे थे,...इन्हीं भूरे पक्षियों ने इस सेमल के तने को अपनी चोंच से खोखला किया होगा। पहले उन्होंने ही इस खोड़र को अपना घोंसला बनाया होगा। फिर वे कहीं चले गए होंगे, तब सुग्गों को ये खोड़र मिले होंगे रहने के लिए। घोंसले आसानी से नहीं बसते। उन्होंने भी तो बया की तरह राधिका को रिझाने के लिए बहुत मुश्किलों से अपना घोंसला बनाया

था। एक तिर्यक मुस्कान उभरी थी उनके होंठों पर, जिसे उन्होंने अपने मन की आँखों से देखा और अपनी ही मुस्कान से आहत हुए।

वे सेमल-वृक्ष के नीचे बैठे पास से गुज़रती सड़क के पार उस कॉटेज के भीतर राधिका और टुशी को अपने मन की आँखों से तलाश रहे थे। सामने बिन्नी खड़ी थी। लगभग हाँफती हुई। तेज़ क़दमों से चढ़ाई वाली राह तय की थी उसने।

''चाय नहीं पी आपने...''

''तुम नींद में थी,...सो चला आया।'' उनकी आवाज़ कातर हो रही थी।

''जोसेफ चाय रख गया था।...मैं इन्तज़ार करती रही। ठंडी हो गई होगी।...चलिए।'' बिन्नी के स्वर में शिकायत नहीं, ममता थी। वह उनके बिल्कुल पास आकर खड़ी हो गई थी। बिन्नी ने अपने दोनों हाथ उनकी ओर बढ़ाए थे ताकि वे उसके सहारे उठ सकें। वे उठे। बिन्नी ने झुककर सेमल की जड़ों से टिकी छड़ी उठाई और उन्हें पकड़ा दी। वे दाएँ हाथ में छड़ी लिये चल रहे थे। बिन्नी उनसे सटकर चल रही थी,...बाईं ओर। चलते हुए उन्होंने अपना बायाँ हाथ बिन्नी के काँधे पर रख दिया और बोले—''अच्छा किया तुमने कि यह छड़ी ले ली।...चढ़ने में तो नहीं, पर उतरने में इसका साथ होना भरोसा दे रहा है।''

बिन्नी पल भर के लिए रुकी। वे भी ठिठके। बिन्नी उनकी दाईं ओर आई और उसने उनके हाथ से छड़ी ले ली। वे पहले तो चौंके।...फिर मुस्कुराए। उन्होंने अपना दायाँ हाथ बिन्नी के काँधे पर रखते हुए अपना पूरा भार उस पर डाल दिया था। पूछा था—''ख़ुश?''

''हूँऊँऊँ...!'' बिन्नी ने अपनी बाईं बाँह उनकी कमर में लपेट दी थी। वह लाड़ कर रही थी और वे बिन्नी के लाड़ को सहेज रहे थे।

फर्लांग भर के रास्ते में बिन्नी ने मीलों का सफर तय किया। उसने उन्हें छड़ी वापस कर दी थी पर वे वैसे ही उसके काँधे पर सिर टिकाए चलते रहे थे। उतरती हुई ढालुई राह उन्हें होम स्टे वाले कॉटेज तक ले आई। बिन्नी ने दूसरी चाय का आर्डर दिया। फूलों की पतली क्यारियों वाले ढालुआँ लॉन में बैठकर दोनों ने चाय पी।

यह एक ख़ुशनुमा सुबह थी। सामने खड़े वृक्षों के पार से आकर धूप के छोटे-छोटे पाखी लॉन में फुदक रहे थे। हवा जब-जब डालियों-पत्तों को हिलाती-डुलाती ये धूप के पाखी फुदक उठते। उन्हें सुनहले सिर वाली नीले रंग की थ्रश चिड़िया दिखी थी,...ठीक सामने,...काले द्राक्ष जैसे गोल-गोल झब्बेदार फलों वाले एक छोटे-से वृक्ष पर। अभी टुशी होती ख़ुश हो जाती।...पता नहीं अब टुशी को यह सब कितना याद होगा! यह चिड़िया याद भी होगी या नहीं!

...पाँच बरस बीत गए टुशी को देखे। गई, तब से एक बार भी नहीं लौटी।

अब तो इस साल बाईसवाँ लगेगा उसका। यूनिवर्सिटी ऑफ कैलिफोर्निया के सांता बारबरा कैम्पस से उसने पिछले साल अर्थशास्त्र में पोस्ट ग्रेजुएशन किया और इस साल शोध के लिए चुन ली गई है। पाँच साल पहले जब राधिका का बुलावा आया, टुशी दुविधा में थी, पर उन्होंने उसे दुविधामुक्त कर दिया था। वह पापा को छोड़कर जाना नहीं चाहती थी। वे नहीं चाहते थे कि बाहर जाकर पढ़ने की अपनी सहज इच्छा को दबाकर टुशी यहाँ रहे। वे यह भी नहीं चाहते थे कि वह राधिका से दूर होती जाए और वे जीवन भर इस लांछन के साथ जीएँ कि उन्होंने अपने स्वार्थ के लिए बेटी को उसकी माँ से काटकर अलग कर दिया।...उसके कैरियर को नष्ट किया। अजीब दिन थे वे, जब उन्होंने टुशी को विदा किया!...वे जानते थे कि टुशी जब तक ख़ुदमुख़्तार नहीं हो जाती राधिका उसे मिलने-जुलने के लिए भी आने नहीं देगी।...पर उन्होंने टुशी को प्रसन्नता के साथ विदा किया। इस प्रसन्नता के गर्भ में जो हाहाकार छिपा था, उसे वे दबाए रहे। टुशी को इसकी भनक तक नहीं लगने दी। और टुशी? वह बच्ची ही तो थी। सोलह-सत्रह की उम्र भी भला कोई उम्र होती है! सपनों और उमंगों के पंख लगाकर इस डाल से उस डाल उड़ती हुई उम्र। हालाँकि टुशी के मन में कहीं बहुत गहरे अपने पापा के अकेलेपन और अवसाद की टीस और चिन्ताएँ थीं, पर...। वे जानते हैं कि ये टीस और चिन्ताएँ लगातार उसके भीतर बनी रहती हैं और उसे गाहे-ब-गाहे ज़्यादा परेशान करती हैं। जब उनका पाँव टूटा और उसे यह ख़बर मिली बेचैन हो गई थी। रो-रोकर कई दिनों तक उसने अपना बुरा हाल किए रखा। फ़ोन करती और बिलख-बिलखकर बस एक ही रटन कि 'पापा मुझे आना है आपके पास,...पापा मुझे...।' राधिका ने बस एक बार फ़ोन किया था। उनका कुशल-क्षेम पूछने के लिए नहीं,...यह कहने के लिए कि उन्हें टुशी को समझाना चाहिए कि अभी उसका जाना उसके कैरियर पर बुरा असर डालेगा,...कि अगर उसकी तैयारियाँ ठीक से न हुईं तो रिसर्च के लिए स्कालरशिप नहीं मिल पाएगा और फिर अब तक की पढ़ाई का कोई अर्थ नहीं रह जाएगा,...कि उन्हें टुशी को...। उन्होंने टुशी को हर तरह से समझाया। डॉक्टर भटनागर से फ़ोन पर बात करवाई। बिन्नी से भी। बिन्नी का मोबाइल नम्बर दिया कि वह जब चाहे सीधे उससे बात कर उनके बारे में सारी सच्ची जानकारियाँ ले सकती है। उन्होंने यह भी बताया टुशी को कि बिन्नी मेरी दोस्त है और जब तक मैं अपने पैरों से चलने-फिरने लायक़ नहीं हो जाता दिन-रात मेरी देखभाल करेगी।...पता नहीं टुशी ने कितना भरोसा किया,...कितना समझ सकी,...या कितना अपने मन को मारकर समझने का नाटक किया! यह आज भी उनके लिए रहस्य बना हुआ है। पर इन दिनों ख़ूब प्रसन्न रहती है टुशी। फ़ोन पर बातें करते हुए उसकी प्रसन्नता छलक-छलक पड़ती है। इन्टरनेट पर चैटिंग करते हुए तो लगता

है,...लैपटॉप से कूदकर बाहर आ जाएगी और गले में बाँहें डालकर झूल जाएगी। वहाँ जाकर टुशी का रूप-रंग और निखर आया है। उसने राधिका से न रूप-रंग लिया है और न ही स्वभाव। हाँ, प्रतिभा ज़रूर ली है। बिन्नी से भी ख़ूब पटने लगी है उसकी। वह बिन्नी को पसन्द करती है। पता नहीं क्या सोचती है बिन्नी के बारे में!

एक सुबह अकारण, यानी न वे नशे में थे और न ही फिसलन थी, वे वाशरूम में गिरे। और गिरे भी तो ऐसे कि अपने दाएँ पाँव की पिंडली की एक हड्डी तुड़वा बैठे। उनके ड्राइवर और पड़ोसियों ने उन्हें लादकर अस्पताल पहुँचाया। उसी शाम ऑपरेशन हुआ। आपरेशन के तीसरे दिन जब बिन्नी का फ़ोन आया, तो उसे मालूम हुआ। फिर तो बिन्नी ने सबकुछ टेकओवर कर लिया। दस दिनों तक, ज़ख़्म के टाँके सूखने और प्लास्टर होने तक वह रोज़ सुबह अस्पताल आ जाती और रात तक रुकती। प्लास्टर होने के बाद, जब वे घर गए, बिन्नी साथ थी। वहाँ भी यही रूटीन। वह रात को तभी निकलती, जब उनका ड्राइवर आ जाता। रात की देखभाल का जिम्मा उसी पर था। बिन्नी उन्हें एक पल के लिए भी छोड़ना नहीं चाह रही थी, पर वे इसके लिए तैयार नहीं थे कि वह रात में रुके। हालाँकि इस बीच उन्हें विवश होकर कई बार बिन्नी का रात में रुकना स्वीकार करना पड़ा। जिस दिन भी ड्राइवर ने औचक छुट्टी मार दी, बिन्नी रुकी। कई बार ऐसा भी हुआ कि ड्राइवर के होते हुए भी बिन्नी अपने घर नहीं गई और वे उसे जाने के लिए नहीं कह सके। प्लास्टर कटा। फिर फ़िज़ियोथेरॉपी शुरू हुई। फ़िज़ियोथेरापिस्ट को देखते ही उनकी रूह काँप जाती थी। बच्चों की मानिंद वे हर सम्भव कोशिश करते कि आज जान छूट जाए,...पर बिन्नी सामने आकर खड़ी हो जाती। वे बहाने करते और बिन्नी तर्क देती। साँप-सीढ़ी के खेल की तरह कई बार वे बिन्नी के प्रति कटु होने का नाट्य करते और जब उनकी एक न चलती, मिन्नतें करते। पर बिन्नी को डिगा पाना मुश्किल था।...बिन्नी की दिनचर्या बरक़रार रही। देवदूत की तरह बिन्नी प्रकट ही नहीं हुई बल्कि, उनके जीवन में शामिल हो गई। वे संकोच करते रहे, पर बिन्नी ने कभी संकोच नहीं दिखाया। बिन्नी के सामने उनकी एक न चलती थी। डॉक्टर की सलाह पर अमल करने के मुआमले में वह बेहद कठोर थी। ज़रा भी छूट देने की हिमायती नहीं।

चाय ख़त्म हो चुकी थी। नाश्ता भी। बिन्नी भीतर थी। लैपटॉप पर अनुवाद का अपना काम निबटा रही थी। वह अपना काम अपने सिर पर लिये चलती है। जब तक डेड लाइन न आ जाए वह टालती रहती है। कहती है कि दबाव में ही वह बेहतर काम कर पाती है। वे गुमसुम बैठे थे,...अपने भीतर के सान्द्र,...निविड़ एकांत में डूबे हुए। वे वहाँ थे भी और नहीं भी थे। वे अपने एकांत में धीरे-धीरे

घुलते हुए लोप हो जाते और फिर उसके भीतर डूबते-उतराते,...लिथड़ते,...फिर से आकार लेते और प्रकट होते अपने होंठों पर तिर्यक मुस्कान के साथ। धूप सीधी गिरने लगी थी। धूप उन्हें प्रिय लग रही थी, पर उन्हें बादलों की प्रतीक्षा थी। धुआँ-धुआँ से बादल, जिन्हें उन्होंने अपनी पिछली यात्रा में मुन्नार की घाटियों में अठखेलियाँ करते हुए देखा था।

दोपहर के भोजन के बाद वे नदी तट तक जाना चाहते थे और बिन्नी चाहती थी कि वे थोड़ा आराम कर लें। उनकी आकुलता देखकर बिन्नी ने ज़िद नहीं की। पूछा—"आप अकेले जाएँगे या... ?"

"नहीं-नहीं तुम भी चलो। उस नदी को देखकर तुम सम्मोहित हो जाओगी।...अनूठी है वह नदी।...पारदर्शी जल,...तरह-तरह के आकारों-रंगों के पत्थरों से सजा हुआ तल,...और झिर-झिर प्रवाह। जल-प्रवाह का ऐसा संगीत कि जादू की तरह बस जाए आत्मा में।...चलो तुम भी।"

वे बिन्नी के साथ निकले,...वही अपनी छोटी मूँठवाली काले रंग की छड़ी लिये। धीरे-धीरे ऊपर की ओर चढ़ते हुए उस कॉटेज के पास पहुँचे। उन्होंने ठिठक कर कॉटेज को भर आँख देखा। उनकी आँखों में कोई सपना तैर गया था। बिन्नी उन्हें एकटक निहार रही थी। उनकी आँखें नम हो रही थीं। वर्षों से संचित सपना छलकने-छलकने को आतुर हो रहा था। जैसे सावन-भादो के मेघ उन्मत्त होकर उड़ेलते हैं जल पृथ्वी पर...वैसे ही उन्मत्त दिख रही थीं उनकी आँखें। बिन्नी ने हौले से अपनी हथेली उनके काँधे पर रख दी। उनकी आँखों में अपने सम्पूर्ण वजूद के साथ उतरने की कोशिश की। बोली—"नदी से मिलने नहीं चलना आपको ? ...चलिए।"

फिर वही तिर्यक मुस्कान की रेखा-सी खिंच गई उनके होंठों पर। उन्होंने अपनी आँखें झुका लीं। बोले—"चलो।...जानती हो बिन्नी,...मैं यह कॉटेज ख़रीदने वाला था। राधिका इसे ख़रीदना चाहती थी। गोपी ने कहा था कि वह लछमी इस्टेट वालों से बात करेगा। अगर वे लोग बेचने को तैयार न हुए तो लम्बे समय के लिए लीज पर तो लिया ही जा सकता है। फिलहाल इसका लीज मेरे नाम है ही। अगर राधिका चाहे तो इसे आगे उसके नाम ट्रांसफ़र करवाया जा सकता है। राधिका का चचेरा भाई था गोपी नायर। गोपी ने ही राधिका से मेरी मुलाक़ात करवाई थी।"

वे धीरे-धीरे चलने लगे थे। थोड़ी दूर की चढ़ाई के बाद उस पार की ढलान शुरू होती थी। इसी ढलान के बीच से बहती थी वह नदी। बिन्नी उनसे सटकर चल रही थी। लगभग उनके काँधे पर झुकी हुई। इतनी क़रीब कि उसकी साँसें उनकी

गरदन को,...चेहरे को छू रही थीं। वे ऊपर चढ़ते हुए धीमी आवाज़ में बोल रहे थे—"...मैं सोच ही रहा था कि इस कॉटेज के बारे में बात करूँ कि वह दुर्घटना हो गई और गोपी नहीं रहा। सड़क दुर्घटना में बहुत दर्दनाक़ मौत हुई थी उसकी।...राधिका से पहली बार उसके घर ही मिला था मैं। सुनहले बार्डरवाली सफ़ेद मालबरी रेशमी साड़ी में बडी़-बड़ी आँखोंवाली साँवली राधिका से,...वो जिसे पहली नज़र में प्यार हो जाना कहते हैं न,...वैसा ही प्यार हो गया था मुझे।...गोपी और मैं साथ-साथ काम ही नहीं करते थे, अच्छे दोस्त भी थे। मैं उसके यहाँ एक पारिवारिक आयोजन में शामिल होने गया था। राधिका कुछ ही दिनों पहले दिल्ली रहने आई थी। कोच्चि से अपनी पढ़ाई पूरी करने के बाद उसने आईआईटी दिल्ली में एमटेक में दाखिला लिया था। वह डिजाइन की छात्रा थी।...उस शाम पूरे आयोजन में मेरी आँखें राधिका के पीछे-पीछे घूमती रही थीं। उसे मालूम हो गया था कि मेरी आँखें उसका पीछा कर रही हैं। उसने मेरी आँखों के रास्ते मेरे मन की आकुलता पढ़ ली थी। जैसे ही मुझसे उसकी आँखें मिलतीं, वह नज़रें झुका लेती और कुछ देर के लिए उस भीड़ में जाने कहाँ छिप जाती। मेरी बेचैनियों का मज़ा लेती रही थी वह।"

वे अपनी रौ में थे। चढ़ाई ख़त्म हो चुकी थी। और दूसरी ओर की नीचे उतरती हुई ढलान शुरू हो रही थी। रपटीली ढलान,...दूब की चादर से ढकी हुई। बिन्नी ढलान पर उतरते उनके पाँवों को लेकर सतर्क थी। उनकी देह के भार को अपने काँधे पर साझा कर रही थी।...स्मृतियाँ, जो उनके एकांत में मौन दुबकी हुई थीं,...बाहर आने को आकुल थीं। वे चाहते थे रोकना। अपने को बन्द रखना, पर मुन्नार की सिहरन भरी हवा की आँच उन्हें पिघला रही थी। ठंडी सिहरन भरी हवा की आँच गर्म लू के थपेड़ों की आँच से ज़्यादा ताक़तवर होती है। वह कॉटेज, वह घर,...जिसके सम्मोहन में खिंचते हुए वे मुन्नार तक आए थे, अपनी जगह पर था। उसे कहीं नहीं जाना था, सो वह टिका हुआ था। जैसे पृथ्वी टिकी हुई है अपने अदृश्य अक्ष पर, वैसे ही उनकी स्मृतियों की अदृश्य आभा के अक्ष पर टिका था कॉटेज। बस उसमें रहनेवाला, उसमें नहीं था। वहाँ कोई और होता तो भी,...वह खुला और लोगों की आवाजाही से भरा भी होता, तो भी उनके लिए वह सुनसान ही होता। नहीं रहना और नहीं रह पाना में बड़ा फ़र्क़ होता है। वह कॉटेज था पर वे राधिका और टुशी के साथ उसमें नहीं रह पाए थे। और अब, जबकि एक तृषा,...एक हाहाकार,...एक नामालूम-सी व्यग्रता उन्हें खींच लाई थी, उनके भीतर बहुत कुछ बीत रहा था।...लोप हो रहा था। एक दीर्घ अवसान हो रहा था उनकी आत्मा के अतल में। वे बार-बार इस लोप होने को,...बीतने को,...इस अवसान को अपने मन की अदृश्य भुजाओं में भींचकर रोकना चाह रहे थे।

सामने नदी थी। नदी में जल न के बराबर था। लगभग सूखी हुई नदी। बीच-बीच में,...कहीं-कहीं,...छिट-फुट जल के छिछले चहबच्चे थे। नदी तल में बिछे पत्थर के निरावृत टुकड़े। निस्तेज। धूमिल। जल ही तो था जो उन्हें सींचता,...जिसका प्रवाह उन्हें माँजकर चमकाता,...आकार देता और अपने साथ लाए खनिजों से उन्हें रँगता,...आभा देता। जल की थाप से ही मृदंग की तरह बोलते थे ये पत्थर और लहरें अपने प्रवाह से इन्हें तारवाद्य की तरह झंकृत करती थीं। अब जल नहीं था।

उन्हें काठ मार गया था। उनके पाँव थरथरा रहे थे। उनकी देह को सँभाल पाना अब काले रंग की छोटी-सी मूँठवाली छड़ी के वश में नहीं था। उनकी देह का लगभग पूरा भार बिन्नी के काँधे पर था। अपनी देह की सारी शक्ति संचित कर बिन्नी उन्हें तब तक सँभाले रही थी, जब तक वे धीरे-धीरे ज़मीन पर बैठ नहीं गए थे। वे नदी को निर्निमेष निहार रहे थे। बिन्नी उनके पास थी। रेत के बगूलों के बीच फँस जाने पर पशु-पक्षी जैसे अपने शिशुओं को छाप लेते हैं धूल-धक्कड़ और तेज़ हवा से बचाने के लिए, वैसे ही खड़ी थी बिन्नी उनकी पीठ पर। कभी उन्हें देखती, तो कभी नदी को,...और कभी पीछे मुड़कर उस चढ़ाई का अन्दाज़ा करती, जिससे उतरते हुए यहाँ तक आए थे वे। पानी की बोतल साथ नहीं थी। बिन्नी को मालूम था कि उन्हें प्यास महसूस हो रही होगी। पर अब किया क्या जा सकता था! कुछ नहीं। धीरे-धीरे उनकी साँसें पुरानी लय में लौटने लगी थीं। बिन्नी उनसे मुन्नार, इस कॉटेज, इस नदी के बारे में पहले ही इतना कुछ सुनती रही थी कि उसके लिए कुछ भी अपरिचित नहीं था। वह नदी तट तक गई। उसने कुछ छोटे-छोटे पत्थरों को चुना और उनके सामने लाकर रख दिया। वे पहले तो उन्हें देखते रहे।...फिर छुआ। बिन्नी की ओर देखा। बिन्नी फिर भागती हुई नदी तट तक गई और अपने गले में लिपटे स्टोल में ढेर सारे छोटे पत्थरों को बटोर लाई। उसने देखा, वे घर बनाने की कोशिश कर रहे थे। पहले उन्होंने घर बनाया। फिर चिड़िया,...और फिर फूल।

वे बड़ी देर तक दूब से पटी ढलान पर नन्हे-नन्हे पत्थरों से बनी आकृतियों को निहारते रहे थे। अजीब दिख रहे थे वे। वे सोच रहे थे कि अगर उन्होंने अपने अतीत को भुला दिया तो क्या यह अब तक के जीवन की आहुति नहीं होगी!...मिथकों और पुराकथाओं की तरह क्या उनके वर्तमान में गर्द-ओ-गुबार की तरह बहुत कुछ अयाचित नहीं घुस आएगा! ऐसा अतीत विहीन घातक वर्तमान क्या वे जी सकेंगे! किंवदंतियों की तरह यह जीना क्या उनकी आत्मा के पटल पर अपमान की नई लिखावटें दर्ज़ नहीं करता जाएगा! अपनी चित्तवृति से युद्ध करते हुए दैन्य, दुविधा और निग्रह,...सब था उनके चेहरे पर। वे अपने जीवन

के,...अतीत के, तथ्यों के स्वीकार-अस्वीकार के युद्ध में उलझे हुए थे। कुछ देर तक यूँ ही बैठे रहे वे। थ्रश चिड़ियों का एक झुंड नदी तट पर आया। वे सब फुदकते हुए नदी तल में एक छोटे चहबच्चे के किनारे तक पहुँचीं। वे चिड़ियों का जल-किलोल निहारते रहे। चिड़ियों का झुंड उड़ा। फिर वे अचानक उठे और बिन्नी से बोले—"चलो... ।"

बिन्नी ने अपने दोनों हाथ बढ़ा दिए। वे खड़े हुए। बिन्नी ने नीचे से छड़ी उठाकर दी। उन्होंने दाएँ हाथ में छड़ी ली। बायाँ हाथ बिन्नी के काँधे पर रखा और चलने लगे। बिन्नी ने अपना दायाँ हाथ पीछे किया और धीरे-धीरे उनकी कमर को सोमलता की तरह लपेट लिया।

वे अपेक्षाकृत तेज़ी से ढलान चढ़ रहे थे।...बहुत लम्बी नहीं चली थी उनकी प्रेम कहानी। पहली मुलाक़ात के तीसरे दिन ही वे राधिका से मिले और यह मिलने-जुलने का सिलसिला पाँच महीनों तक चलता रहा। छठवें महीने उन्होंने एक सादे और पारिवारिक आयोजन में राधिका से विवाह कर लिया था। उनके कुछ दोस्तों के सिवा ज़्यादातर गोपी और राधिका के परिवार के लोग ही थे। उनका अपना कोई घरवाला या रिश्तेदार नहीं था। माँ-पिता, जब वे अबोध थे, तभी गुज़र चुके थे। बड़े पिताजी ने पाला-पोसा। ज़िन्दगी आकार ले ही रही थी कि वे भी चल बसे और उनके बेटों ने सम्पत्ति की लालच में ऐसा आतंक मचाया कि उन्होंने विरक्त मन सबकुछ छोड़कर अपने शहर से ही नाता तोड़ लिया।...बीच की कथा दुःखों और संघर्ष की अनन्त कथा है। दिल्ली पहुँचकर वो सब किया जो ऐसे हालातों में जीवित रहने तथा अपनी निर्मिति के लिए एक आदमी कर सकता है। पर उन्होंने ऐसा कुछ नहीं किया जो पश्चाताप का कारण बने। प्रतिभा के बल पर हमेशा अव्वल रहे और सबकुछ बनता गया। बड़ी कम्पनी की ऊँची नौकरी,...दोस्तों से भरा एक संसार,...अपना घर,...गाड़ी और एक उछाह भरा व्यस्त जीवन। विवाह के बाद जीवन उन्हें ज़्यादा सुन्दर और आश्वस्तकारी लगने लगा था। साल भर के भीतर ही टुशी आ गई। जब टुशी ढाई-तीन की रही होगी वे राधिका के साथ मुन्नार आए थे।

जब टुशी दस की हुई राधिका पोस्ट-डॉक्टरल रिसर्च के लिए स्कॉलरशिप पर स्टैनफ़ोर्ड चली गई। तब से टुशी के यूएस जाने तक वे टुशी के पापा और माँ दोनों रहे। दोस्त तो थे ही उसके बचपन से। माँ बनकर टुशी को पालते हुए उन्होंने जीवन को नए सिरे से जाना-पहचाना। स्त्री-जीवन के अनन्त दुखों के सूत्र उनके हाथ लगे। उनकी आत्मा की धरती पर कई नए हरे-भरे प्रदेश रचे-बसे। यह माँ वाला कायांतरण ही उनके जीवन की फाँस बन गया। सात साल तक कोई पिता अपनी बेटी को माँ बनकर पाले-पोसे और... । हालाँकि इन सात सालों में दो बार

आई राधिका। रिसर्च के बाद वहीं दो सालों तक बतौर रिसर्च लीडर एक प्रॉजेक्ट में रही। इसके बाद वहीं स्टैनफ़ोर्ड यूनिवर्सिटी के स्कूल ऑफ डिज़ाइन में पढ़ाने लगी। शुरू में उन्होंने राधिका की वापसी के लिए बहुत कोशिशें कीं। उससे मिन्नतें कीं,...टुशी का हवाला दिया, पर...। टुशी के जाने के बाद उन्होंने राधिका से उसकी वापसी के बारे में कोई संवाद नहीं किया था। कई सालों बाद उन्होंने उस दिन राधिका की आवाज़ सुनी थी, जब उसने इस बात के लिए फ़ोन किया था कि वे टुशी को समझाएँ कि टुशी उनके पास जाने की ज़िद न करे।...ज़िन्दगी सहल नहीं रह गई थी। वे बसते-बसते उजड़ गए थे। उनकी देह और उनके मन, दोनों का छन्द भंग हो रहा था।...और वे थे कि बार-बार भंग हो रहे छन्दों के सहारे जीवन की लय पकड़ने में लगे थे।

वे जोसेफ होम स्टे के सामने वाले हिस्से के लॉन में गार्डेन चेयर पर बैठे बिन्नी के साथ चाय पी रहे थे। यह हिस्सा ख़ाली ही था। बिन्नी मौन थी। वातावरण में अदृश्य काँपते मौन के स्पन्दन को वह अपनी देह और आत्मा की त्वचा पर महसूस कर रही थी। बिन्नी मौन के इस गुंजलक से उन्हें बाहर निकालना चाह रही थी। और चाह रही थी ख़ुद भी इससे बाहर निकलकर अपने फेफड़े में प्राणवायु भरना। वह इस गुंजलक के दुर्निवार कपाटों को खोजकर उन्हें खोल देना चाहती थी ताकि उन तक भी प्राणवायु पहुँच सके। अपने विशाल डैने फैलाए ग्रे हार्न बिल वापस अपने बसेरों की ओर जा रहे थे। अपने चौड़े ताक़तवर डैनों की धारदार गति से हवा को काटते। सर-सर की अजीब-सी रहस्यमय ध्वनि के साथ वे आगे निकल गए। वे उस सेमल को पार करते हुए आ रहे थे, जो कॉटेज के सामने था। अब उस सेमल पर इनका बसेरा नहीं था।

दिन सिमट रहा था। अब साँझ का झिटपुटा घिरने लगा था। रोज़ तीसरे पहर बरसने वाले बादल आज जाने कहाँ आवारगी करते रहे! अपनी तिपहरी कहीं और बिताकर अब पहुँचने लगे थे। उनके आने की आहट से साँझ का अहसास तेज़ी से घना हो रहा था। देखते-देखते धुआँ-धुआँ बादलों से पूरी घाटी भर गई। कुछ वृक्षों के शिखर पर जा बैठे,...कुछ घाटी में तैरने लगे। एक मेघ-समूह कॉटेज के बरामदे में घुसकर जाने क्या तलाश रहा था! उनके होंठों पर मुस्कान तिर गई। उन्होंने बिन्नी की ओर देखा और अपनी आँखों से बादलों की ओर संकेत किया। बिन्नी ने बादलों की ओर देखा था और फिर उनके प्रसन्न चेहरे की ओर देखने लगी थी। उसे मालूम था कि वे सुबह से इन बादलों की प्रतीक्षा में थे। यहाँ आने से पहले वे यहाँ की मेघलीलाओं का वर्णन करते रहे थे। बिन्नी बोली—"चलिए बरामदे में।...अब लगता है वर्षा शुरू होगी।"

"हूँऊँऊँ...!" एक आह्लाद भरी हुँकारी भरते हुए वे उठे। बिन्नी के साथ

बरामदे में पहुँचे। उनको आता देख बादलों ने बरामदा ख़ाली कर दिया था। वे बरामदे में रखी बेंत की कुर्सी पर बैठ गए। बिन्नी ने बरामदे की बत्ती का स्विच ऑन किया। हल्की रोशनी वाला बल्ब दीप्त हुआ।...बहुत कुछ ऐसा था उनके पास, जिससे वे मुक्त हो सकते थे। बहुत सारी स्मृतियाँ,...बहुत सारे सुख-दुःख, जिनका बोझ वे अपनी आत्मा पर लादे ढो रहे थे और बहुत-सी आदतें, जिन्हें वह सहलाते हुए पाले-पोसे हुए थे...और बहुत सारी ध्वनियाँ और दृश्य, जिन्हें वह अपनी आँखों में भरकर जी रहे थे, उनसे मुक्ति सम्भव थी। पर वे मुक्त नहीं होना चाहते थे। एक दुर्दम हठ। वे सहज घट जानेवाले पल को अघट बनाने की ज़िद पर तुले हुए थे। वे दुर्निवार पलों के सामने अपनी छाती तानकर खड़े थे। वे अमुक्त जीना चाहते थे, यह जानते हुए भी कि अमुक्त नहीं जी सकते। बिना मुक्त हुए, सब धू-धू कर जल उठेगा इन लहराती हुई अग्निपताकाओं की लपटों की आँच में । भस्म हो जाएगा सब कुछ। ये जो,...कुछ बहुमुँहे घाव,...कुछ बन्द मुँहवाले और कुछ खुले मुँहवाले घाव टीस रहे हैं, इनकी टीस और बढ़ जाएगी। हर पल सजग और सचेत रहते हुए,...गरदन की नसों पर अतीत, वर्तमान और भविष्य के अँगूठों का दाब सहते हुए जीने का हठयोग कर रहे थे वे।

रात थी। देर से आनेवाले मेघ जमे हुए थे और झमाझम बरस रहे थे। हवा भी थी। झोंकों-झपेड़ों के साथ जंगल में वर्तुलाकार भाँवर काटती हवा। धरती और आकाश के बीच लम्बवत् वलय बनाती हुई हवा। घाटी की तलहटी से ऊपर उठकर पहाड़ों के शिखर को छूती और शिखर छूकर नीचे तलहटी तक उतरती...नाचती...जलबूँदों से खेलती हवा।...यह हवा उनको उड़ाए लिये जा रही थी। सामने बिन्नी थी। हल्के नीले रंग की कुर्ती और पेशावरी पाजामा पहने बिस्तर पर लेटी हुई।

...बिन्नी उन्हें फेसबुक पर मिली थी। उसने ही फ्रेंड रिक्वेस्ट भेजा था। फिर लगभग तीन-चार दिनों की चैटिंग के बाद उसने मिलने की इच्छा प्रकट की थी। पहली बार उससे मिलने जाते हुए वे असहज थे। उनके भीतर डर की एक लकीर लहरा उठी थी। वे दोनों एक कॉफी शॉप में मिले थे। पहली मुलाक़ात में बिन्नी ने उनसे बहुत कुछ पूछ लिया था। मसलन,...उनके घर-परिवार के बारे में,...कुछ अतीत और कुछ वर्तमान के बारे में। बिन्नी उन्हें सहज और समझदार लगी थी। गम्भीर भी। और सुन्दर तो वह थी ही। गोरी-चिट्टी,...तीखे नाक-नक्श और साँचे में ढली देह वाली। इसके बाद उनकी बिन्नी से ऐसी ही चार-पाँच मुलाक़ातें हुईं। कभी किसी रेस्तराँ में,...तो कभी किसी कॉफी शॉप में। एक बार उन्होंने साथ-साथ श्रीराम सेन्टर में नाटक भी देखा। अक्सर सुनसान रहने वाली उस अर्द्धचन्द्राकार

नीम-अँधेरी सड़क पर पैदल चलते हुए वे बिन्नी के साथ मंडी हाउस मेट्रो स्टेशन तक आए थे। साथ-साथ पैदल चलते हुए बिन्नी उनसे सटकर चल रही थी। उन्हें पता तक नहीं चला कि कब वह उनके काँधे पर झुक आई,...कब उसने अपना सिर टिका दिया,...और कब उसकी बाँहें उनकी कमर से लिपट गईं। जब सिकन्दरा रोड का किनारा आया, बिन्नी ने अलग होते हुए कहा था—"यह सड़क मुझे बहुत प्रिय है। जाड़ों में इस सुनसान सड़क पर मैं अक्सरहाँ अपने सुख-दुःख को उधेड़ती-बुनती हुई कई फेरे लगाती हूँ।"

अगले सप्ताह वे बिन्नी के घर थे। बिन्नी ने उन्हें खाने पर बुलाया था। मदनगीर में चौबीस नम्बर की सँकरी-सी गली के एक मकान के तीसरे तल्ले पर दो कमरों के चारों तरफ़ से बन्द दमघोंटू फ्लैट में पहुँच कर जिस सच से उनका सामना हुआ, वह अकल्पनीय तो नहीं, पर विस्मित करने वाला ज़रूर था। बिन्नी के किचन से आ रही मसालों की ख़ुशबू में पूरा घर आप्लावित था। दो कमरे थे। एक में क़िताबों के कुछ बँधे,...कुछ अधखुले बंडल, दो बड़े बैग,...और भी कुछ सामान जैसे-तैसे ठुँसे हुए थे। दूसरे में एक गद्दा ज़मीन पर बिछा था। गद्दे पर सफ़ेद चादर थी हल्के बैंगनी रंग के छोटे-छोटे आर्किड के फूलों की छाप वाली। बिन्नी का खुला हुआ लैपटाप,...कुछ क़िताबें, जिनमें खुले हुए पन्नों वाली एक अंग्रेज़ी की क़िताब,...एक नेलकटर,...एक मॉइस्चराइज़र ट्यूब,...एस्प्रिन टैबलेट्स का एक रैपर,...सब बिस्तर पर ही पड़ा था। एक स्टील का आलमीरा भी कमरे में था, जिसके एक पल्ले में शीशा लगा हुआ था। बिन्नी ने सकुचाते हुए पूछा था—"आपको नीचे बैठने में दिक्क़त तो नहीं होगी?"

उन्होंने तेजी के साथ अपने भीतर उभरते कुछ पुराने दृश्यों को नियंत्रित किया था। चेहरे पर किसी कुशल अभिनेता की तरह इत्मीनान का भाव लाते हुए मुस्कुरा कर बिन्नी की ओर देखा था।...वे दीवार से पीठ टिकाए गद्दे पर बैठे थे और सामने खड़ी बिन्नी बोल रही थी—"अभी हफ्ता भर पहले ही इस घर में शिफ्ट हुई हूँ। सब इधर-उधर बिखरा पड़ा है। बस किचन को किसी तरह ठीक-ठाक कर सकी हूँ कि खाना बन जाए। वैसे भी कुर्सियाँ हैं भी नहीं। सोच रही हूँ चार प्लास्टिक की कुर्सियाँ, एक टेबल...और एक फोल्डिंग कॉट ले लूँ।...आप बस पाँच मिनट दीजिए,...चिकेन तैयार है,...गरम-गरम रोटियाँ सेंक लूँ,...फिर...। आप रोटियाँ लेंगे या चावल बना दूँ?...या पराठे?"

"नहीं-नहीं,...रोटियाँ ही ठीक रहेंगी। चिकेन के मसालों की ख़ुशबू से भूख इतनी तेज़ हो गई है कि पानी आ रहा है मुँह में। जल्दी करो...।" उन्होंने हँसते हुए कहा था।

"नवाबों के शहर लखनऊ की हूँ। लखनऊ के लोग नानवेज के स्पेशलिस्ट

होते हैं।...हर फैमिली की अपनी रेसिपी होती है।...बस दो मिनट।'' बिन्नी किचन की ओर भागी थी।

उन्होंने ख़ूब सराह-सराह कर खाना खाया था और वहीं उस नीचे बिछे हुए गद्दे पर लेटे हुए आराम कर रहे थे। बिन्नी उनकी बगल में दीवार से पीठ टिकाए बैठी थी, उनकी एक हथेली को अपने बाएँ हाथ की हथेली में लेकर दाएँ हाथ से सहला रही थी। कभी तलहथी, तो कभी अँगुलियों को सहलाती हुई बोल रही थी बिन्नी—"...पिछले दो-तीन महीनों से तनाव में थी। जीवन नर्क हो गया था, पर मैं नर्क का दरवाज़ा तोड़कर भाग निकली।...हम दोनों तीन साल से लिव इन रिलेशन में रह रहे थे। मैं नहीं गई थी उसके पास रहने। तुहिन ही आया था मेरे पास। हालाँकि उस समय इस बात से क्या फ़र्क़ पड़ता था कि कौन किसके पास रहने गया!...या अब भी, अश्लील होकर अतीत बन चुके इस सम्बन्ध की कथा में इस बात का कोई अर्थ नहीं कि मैं उसके पास रहने गई या वह मेरे पास आया। मैं उन दिनों अच्छी नौकरी कर रही थी। चालीस हज़ार तनख़्वाह थी मेरी। मैं जीके के पम्पोश में रहती थी। कुछ ही महीनों बाद जब उसकी नौकरी लगी, उसकी सलाह पर मैंने अपनी नौकरी छोड़ दी और घर से ही अनुवाद का काम करने लगी। तुहिन के प्यार में बौरा गई थी मैं। एक लाख से ऊपर तनख़्वाह थी उसकी। लगभग छोड़ी हुई नौकरी के वेतन के करीब-करीब मैं भी अनुवाद से कमा लेती। जीतोड़ मेहनत करती और उसकी देखरेख भी। मेरी कमाई से घर चलता और उसकी तनख़्वाह से नई ख़रीदी गई कार के लोन की किश्त का भुगतान होता और बाक़ी जल्दी ही फ्लैट ख़रीदने के लिए जमा हो रहा था। वह रूठता और मैं उसे मनाती। मैं रूठती और फिर अपने रूठने से, अपने ही परेशान हो जाती। मुझे लगता, मैं रूठकर उसे तनाव दे रही हूँ, सो ख़ुद ही मान जाती और अपराधबोध से भरकर उससे वायदा करती कि अब नहीं होगा ऐसा।...अब सोचती हूँ अपनी मूर्खताओं पर तो हँसी आती है मुझे।...कुछ महीनों पहले मेरा माथा तब ठनका, जब वह अकारण मुझसे खीझने और ऊबने लगा था। जिन बातों और अदाओं पर वह फिदा रहता था, वे बातें और वे ही अदाएँ उसे चिढ़ाने लगी थीं। मेरी नंगी देह काँपती रह जाती और वह...! कल तक जो दीवानों की तरह मेरे पीछे-पीछे डोल रहा था,...जो रात-रात भर जागता और आटे की लोई की तरह मेरी देह को गूँधता, वह मुँह चुराए फिर रहा था।...और एक दिन उसने रहस्य खोला कि...उसे अपने ऑफिस की एक लड़की से प्यार हो गया है। वह उसके साथ काम करती है।...कि वह उससे शादी करना चाहता है।...पर वह मुझे भी प्यार करता है और मेरे बिना जी नहीं सकता।...कि अगर मैंने उसे छोड़ दिया तो वह उस लड़की के साथ सामान्य जीवन नहीं जी पाएगा।...मैं सुनती रही पहले। फिर रोई...चीख़ी-चिल्लाई...दो दिनों तक खाना

नहीं खाया। पहली बार तुहिन ने दो दिनों बाद मुझे मनाया। मैं मान गई। आप सोच सकते हैं कि दो दिनों तक भूखी रहकर मैंने कितनी बड़ी मूर्खता की थी। यह मान जाना तुहिन को स्वीकारना नहीं बल्कि, अपनी मूर्खता से वापसी थी मेरी। इस बीच तुहिन हाथ-पाँव जोड़ता रहा। एक बार जाने किन कमज़ोर पलों में मैंने तुहिन को अपने पास आने दिया था और उसके बाद मुझे अपनी ही देह से घिन आने लगी थी। मुझे सेक्स बहुत प्रिय है, पर वह बलात्कार था। पर क्या करती मैं? ख़ुद ही तो बलात्कार के लिए तैयार हो गई थी। बहुत मुश्किलों से उबर सकी थी मैं। तुहिन मेरे निकट आने की हर सम्भव कोशिशें करता। पर मैंने उसे इसके बाद अपनी अँगुली तक नहीं छूने दी।...मैं अब और सहने को तैयार नहीं थी।...वह चाहता था, उस लड़की से शादी करना, जो उससे उम्र में कुछ छोटी थी और उसके बराबर कमा रही थी।...वह चाहता था कि मैं भी उसके जीवन में प्रेमिका की तरह उपस्थित रहूँ।...वह चाहता था कि मैं उसे शादी के लिए अनुमति दे दूँ और उसकी रखैल बनकर रहूँ। जिस रात तुहिन ने यह प्रस्ताव दिया उसके दूसरे दिन मैं किराए का मकान लेने निकली। एक दोस्त ने मदद की और मकान उसी शाम मिल गया। दूसरे दिन अपनी क़िताबें सहेजती रही। और तीसरे दिन अपनी क़िताबों और कपड़ों के साथ यहाँ आ गई। अपना सारा सामान वहीं छोड़ आई मैं। मैं चाहती तो उसे कह सकती थी कि वह पम्पोश वाला फ्लैट छोड़कर चला जाए, पर...। पीछे-पीछे वह आया था भागते हुए। दूसरे दिन यह गद्दा...गैस का चूल्हा...कुछ बर्तन लेकर मेरी अनुपस्थिति में आया और नीचे मकान मालिक के पास रख गया। अब इसे कहाँ फेंकती! मकान मालिक सन्देह करता...। बहुत थक गई थी। लगातार बिना सोए...अपने-आपसे जूझते-लड़ते हुए भी तो थकान होती ही है। इस घर में जब से आई हूँ ख़ूब सो रही हूँ। जाने कैसे इतनी नींद लिये इतने दिनों से जी रही थी! सोचती हूँ लखनऊ हो आऊँ। अम्मा-पापा से मिले दो साल बीत गए। दोनों नाराज़ हैं। तुहिन के साथ मेरे लिव-इन रिलेशन को वे किसी क़ीमत पर स्वीकार करने को तैयार नहीं हुए थे और उन लोगों ने मुझसे अपने रिश्ते तोड़ लिये। पापा से मिलने को जी छटपटा रहा है। वे बीमार चल रहे हैं। मेरी दोनों छोटी बहनों की इस बीच शादियाँ हो चुकी हैं। जल्दी ही जाऊँगी लखनऊ। यह मकान भी बदलूँगी। अगले दो-तीन महीनों में व्यवस्थित हो जाएगा सब। आज पहली बार मेरे किचन में खाना बना है। सोचा, आपके साथ अपनी नई गृहस्थी का पहला भोजन शेयर करूँ...सो रात ही आपको कहा था मैंने कि आप मेरे साथ खाना खाएँगे...। आपको अजीब लग रहा है न यह सब सुनकर?"

अपने सवाल के जवाब का इन्तज़ार किए बिना बिन्नी ने उनकी हथेली को अपने चेहरे से सटा लिया था। बिन्नी ने जब बोलना शुरू किया था, वे लेटे हुए थे

और बिन्नी बैठी थी। पर जब उसने अपनी बात के अन्त में सवाल किया वे बैठे हुए थे और उनकी गोद में सिर रखे बिन्नी लेटी हुई थी। उनकी मुद्राएँ कब बदल गईं, उन्हें भी पता नहीं चला।

वे ग़ौर से बिन्नी को निहार रहे थे। हौले-हौले उनकी आँखें बिन्नी के चेहरे पर टहल रही थीं। उदासियों के घने कोहरे में डूबा हुआ था बिन्नी का चेहरा।

"उदासियों का भी अपना वसंत होता है।" धीमे स्वर में कहा था उन्होंने और बिन्नी की उदास आँखों में उनकी आँखें बहुत गहरे तक उतर गई थीं। बिन्नी ने अपनी आँखें हौले से बन्द कर ली थीं।

उनकी एक हथेली बिन्नी का सिर सहला रही थी। अँगुलियाँ उसके बालों में उलझ रही थीं। दूसरी हथेली बिन्नी के हाथ में थी। वह बोली—"आपकी अँगुलियाँ बहुत लम्बी और नाजुक हैं।"

वे मुस्कुराते हुए उसे चुपचाप निहारते रहे थे। बिन्नी ने फिर कहा था—"आपको मालूम है...आपकी अँगुलियों में जादू है... ?"

बिन्नी की उदासियों का गझिन कोहरा कुछ झीना हुआ। उन्होंने कहा था—"तुम्हारी प्रशंसा से मैं आत्ममुग्ध नहीं होनेवाला।"

बिन्नी मुस्कुराई थी। कुछ देर तक उनकी अँगुलियाँ उसके रूखे हो चले बालों में घूमती रही थीं। वे समझ नहीं पा रहे थे कि वे बिन्नी को सींच रहे हैं या अपने भीतर पसरे बंजरपन को। फिर उन्होंने अपनी अँगुलियों से बिन्नी के होंठों को छुआ था।

...वे बिन्नी को निहार रहे थे। गरज-बरस कर थम चुके थे मेघ। कमरे में हल्की रोशनी थी। हल्के नीले रंग की कुर्ती और पेशावरी पाजामे में सोई बिन्नी के होंठ नींद में लरज़ रहे थे। उन्होंने अपनी अँगुली से उसके होंठों को छुआ। उनके छूते ही और ज़ोर से लरज़े उसके होंठ। उन्होंने अँगुली से ही होंठों को सहलाया। नींद में ही कुनमुनाई थी बिन्नी और उसकी आँखें खुल गई थीं।

करवट सोई बिन्नी पीठ के बल हो गई। उसने आँखें बन्द कर ली थीं। वे उसके चेहरे पर झुक रहे थे। उनकी ऊष्म साँसों की छुवन से बिन्नी के चेहरे की त्वचा का रंग बदलने लगा था। चेहरे की गोराई में ईंगुर की लालिमा घुलने लगी थी। उसकी त्वचा से छनकर उसके मन का अन्तरंग झिलमिल कर रहा था।...बिन्नी के होंठों की पंखुड़ियों पर चिराग़ जल उठा। उर्ध्व उठती,...काँपती,...लपलपाती लौ। बिन्नी की दोनों बाँहें ऊपर उठीं और वे उसके पाश में बँध गए थे।...बिन्नी की निरावृत देह को जहाँ-जहाँ उनके होंठों ने छुआ,...असंख्य दीप-शिखाएँ झिलमिला

उठीं। उसके मदिर रोमहास में वे सुधबुध खो रहे थे। उसके रुधिर का संगीत उसकी शिराओं में गूँज रहा था। बिन्नी की आत्मा के अतल में बतास फूट रहा था और वे ग्रे हार्न बिल की तरह अपने डैने फैलाए परवाज़ भर रहे थे।...कि अचानक चुनचुन करती एक थ्रश चिड़िया घुस आई उस कमरे में। पीले रंग की शमीज़ और नीले रंग की सलवार पहने 'पापा...पापा' पुकारती टुशी की छाया उनकी आँखों के सामने लरज़ी और लोप हो गई। पंख कटे ग्रे हार्न बिल की तरह गिरे वे।...बिन्नी की मुँदी हुई आँखें, मुँदी रहीं...बहुत देर तक। उसे दिन में देखी हुई ढलान वाली वह नदी याद आई...जिसकी जलधारा सूख गई थी।

रात असहज कटी,...दोनों की। आकुलता थी, पर आर्त्तनाद नहीं था। न बिन्नी के अतल में और न उनके। सप्तम स्वर में बजते शंखध्वनि-सी शून्य में जाकर अटकी हुई जिस चीख़ को साथ लिये वे जी रहे थे, वो चीख़ घुल गई थी,...या नीचे कहीं गिर कर धूल-माटी में मिल गई थी,...या फिर विवशताओं की किसी ऊँची भीत पर जाकर बैठ गई थी! दो अबोले आख्यान एक साथ गूँजते रहे सारी रात उस कमरे में। दुखते, टीसते, कराहते, छटपटाते हुए कई-कई आभाओं और गतियों वाले क्षण आते-जाते,...कभी ठिठकते और कभी विराम करते रहे थे रात भर। अपनी आत्मा में अग्निपताकाओं का आरोहण उन्होंने स्वयं ही किया था और अब अपने ही हाथों अवरोहण कर रहे थे। इन अग्निपताकाओं में कुछ उभरे हुए,...कुछ छिपे हुए आत्मा के घाव-सा जो बहुत कुछ लहरा रहा था वो सब अपनी टीस और मवाद के साथ दब गया था।

अगम था सब कुछ उनके लिए।...और बिन्नी के लिए? बिन्नी के लिए कुछ भी अगम नहीं था। वह उनकी तरह अँधियारे में नहीं भटक रही थी। अँधेरा था ज़रूर, पर बिन्नी उसे पहचान रही थी। वह राख-माटी के बगूलों के बीच अपने लिए राह बनाकर निकलना सीख गई थी इन कुछ ही महीनों में। उसे उस गंध की तलाश थी, जो उसकी प्राणवायु से निःसृत होती और उनकी प्राणवायु से टकराकर नई गंध में ढलती, पर...।

वे कमरे से बाहर जाकर लिविंग रूम में बैठे थे। मौन। उनका चेहरा कुछ उबड़-खाबड़ हो गया था। आँखों के नीचे हल्की स्याही छा गई थी। ठुड्डी और गाल की हड्डी कुछ उभर आई थी। अपने ही जीवन के रहस्यों के गुंजलक को काटकर बाहर निकलने की कोशिशों में वे लोप हो गए थे और वहाँ होते हुए भी नहीं थे। उनके चारों ओर पसरा था एक वीरान,...हू-हू करता उजाड़ बंजर।

बिन्नी उनके पास आई। उन्होंने उसकी ओर निमिष भर को देखा। बिन्नी बहुत पास आकर खड़ी हुई,...लगभग उनसे सटकर। वे बैठे रहे। बिन्नी बोली—''सर, आपने ही कहा था,...उदासियों का भी अपना वसंत होता है।...क्या हम दोनों

इस वसंत को नहीं जी सकते?"

जैसे कोई वाण महावेग से चलते हुए आकर पृथ्वी से टकराया हो और जल की अनगिन धाराएँ फूट पड़ी हों,...वे फफक उठे। धनुही की तरह उन पर झुक आई थी बिन्नी की देह और उनकी बाँहें उसकी कमर से लिपट गई थीं।...वे रो रहे थे और बिन्नी उनका सिर सहला रही थी।

(हंस, मई 2014)

हबि डार्लिंग

उस रात एक आदिम गंध पसरी हुई थी। यह गंध उसके रन्ध्रों से होती हुई उसके मन-प्राण को हिलोर रही थी। वह भारहीन हो गई थी। फूल की पंखुड़ियों की तरह। आलाप से छिटककर द्रुत में भटकती आवाज़ की तरह।...रुई वाली हवा मिठाई के गोले की तरह या फिर...! उसके साथ पहली बार ऐसा हो रहा था।

वह पूरे घर में चक्कर काट रही थी। कभी सोने के कमरे में,...कभी ड्राइंग रूम में,...तो कभी बालकनी में। कभी बिस्तर पर,...कभी सोफे पर,...तो कभी डाइनिंग चेयर पर। उसकी देह और उसके मन में,...उसके घर की दीवारों में,...उन पर टँगी तस्वीरों में...हर सामान में,...यहाँ तक कि किचन के डब्बों-बर्तनों में असंख्य आँखें उभर आई थीं और राह निहार रही थीं। बालकनी के गमलों में फूलों की जगह आँखें ही खिली हुई थीं। वह आ रहा है। बस पहुँचने ही वाला है वह । सच, ऐसा पहली बार हो रहा था। ऐसी आकुलता।...ऐसी सिहरन। रोम-रोम में झिर-झिर हवा,...रिमझिम फुहियाँ। वह पिछले कुछ महीनों से उससे मिलती रही है। व्हाट्स एप्प पर चैट कर रही है। फ़ोन पर घंटों बातें करती है। रेस्तराँ में साथ बैठकर कॉफी पी है। खाना खाया है। पर पहली बार वह घर आ रहा था, उसके आमंत्रण पर। उससे मिलने आ रहा था। निभृत एकांत में उसके साथ होने की कल्पना के जादू में तैर रही थी वह।

उसके मोबाइल फ़ोन पर 'स्लो कॉफी' रिंगटोन बजा। और उसका नम्बर चमका और नाम,...नाम नहीं।...नाम की जगह दर्ज़ था—माय लव। उसने बेचैनी से पूछा—"कहाँ हो?"

"लिफ्ट में।" उधर से एक जादुई आवाज़ आई। ख़ुशबू से मह-मह करती ऐसी आवाज़,...मानो मख़मल में लिपटी इत्र की शीशी खुल गई हो।...और वह दरवाज़े की ओर भागी।

वह दरवाज़े पर था। दरवाज़ा खुला। वह भीतर आया। दोनों ने एक-दूसरे को बाँहों में कस लिया। वह भी द्रुत में भटकती आवाज़ की तरह ही गमक में

भटक रहा था। अपने भीतर उमगती श्रुतियों के बीच उबचुभ हो रहा था। रात अभी शुरू ही हुई थी।...पर रात का क्या ठिकाना,...कब ख़त्म हो जाए!

बमुश्किल बीस-पच्चीस मिनट गुज़रे होंगे कि मोबाइल फिर बजा। और उस पर 'हबि डार्लिंग' चमका। वह कुछ चौंकी पर परेशान नहीं हुई। उधर से आवाज़ आई—"कहाँ हो?"

काँप गई उसकी देह। उसकी आँखें पल भर के लिए बन्द हुईं। हरहराकर गिरते कदम्ब की छाया लहराई। उसने मुट्ठी में भींचा अपने मन को।

"आकर देख लो।" उसके मन्द स्वर में चुनौती थी। ललकार।

"आकर तो देखूँगा ही।...तुम बताओ,...हो कहाँ?" धमकी और सवाल दोनों एक साथ। धमकी और सवाल के आवेग 'हबि डर्लिंग' के स्वर में टकराए और उस तक पहुँचे। इस टकराव से फूट रहे स्फुलिंग की छुवन से गहरी पीड़ा उभरी उसके भीतर।

"आओ।...इन्तज़ार कर रही हूँ।"

दोनों एक झटके में द्रुत से वापस आलाप तक पहुँचे। अब वे शड़ज-स्वर में बातें कर रहे थे। कॉफी बनने तक वह सिगरेट फूँकता रहा। कॉफी आई तो उसे जल्दबाज़ी में गटका, हालाँकि जीभ जल रही थी। समय नहीं था। वापस निकलना था। जल्दी से जल्दी,...हर हाल में। वह निकल गया। जाते हुए इतनी हड़बड़ी में था कि चूमना तक भूल गया। उसके तपते होंठों की मरीचिका में लपटें लहराती रहीं।

रूई वाली हवा मिठाई की तरह उसकी भारहीन देह, अब उसके उठाए नहीं उठ रही थी। आनन्द के अतिरेक से अभी भी सिहर रही थी उसकी देह। उसके जाने के बाद बेमन पाँव घसीटते हुए दरवाज़े तक गई।...उसे बन्द किया।...फिर वापस आकर पलंग पर कटे हुए कदम्ब वृक्ष की तरह धम्म से गिर गई।

वह आँखें मूँदकर उस कदम्ब को याद कर रही थी। दृश्य गड्डमड्ड हो रहे थे। कदम्ब के छोटे से बिरवे का आना। दो आँगन थे। एक भीतर,...औरतों के लिए। और दूसरा बाहर,...सामने से खुला और तीन ओर से घिरा। एक ओर बैठका और बरामदा। दूसरी ओर बरामदा और अन्न के भरे हुए कोठार। और सामने के खुले भाग के विपरीत तीसरा भीतर वाले आँगन में प्रवेश के लिए बने दोमुँहे से जुड़ा। इसी बाहर वाले आँगन में रोपा गया कदम्ब का बिरवा। वह सात साल की थी। अम्मा ने एक पायल ख़रीद कर पहना दी थी। छुनछुन करती फिरती थी इस आँगन से उस आँगन। कदम्ब बड़ा होता रहा। वह भी। दस साल में वह युवा, बलिष्ठ, ऊँचा और छतनार हुआ। वह भी ऊँची हुई,...रंग, नैन-नक्श, छातियाँ, नितम्ब—सब सजे-सँवरे। कदम्ब फूलते। फल बनते। पकते और आँगन की धरती पर गिरते।

वह शहर में रहने लगी थी। हॉस्टल में रहकर पढ़ रही थी। पिता और भाई दो-चार दिनों में एक बार आते। कुशल-क्षेम पूछते। ज़रूरतें जानते। हिदायतें देते। उसे यह पता नहीं चल सका था कि जासूसी भी करते थे। और एक दिन भाई ने हॉस्टल के वेटिंग रूम में उसके कमर तक लहराते केशों को मुट्‌टी में भर लिया और घसीट-घसीट कर उसकी सहेलियों और वार्डन के सामने पीटा। वह उस समय रजस्वला थी। रात तक उसे साथ लेकर भाई वापस घर आया। उसकी अम्मा ने पीने के लिए दूध में हल्दी घोलकर दिया। अम्मा को उसके रजस्वला होने की बात मालूम हुई, उन्होंने चैन की साँस ली। पिता को भीतर वाले आँगन में बुलाकर बात की। बताया कि चिन्ता की कोई बात नहीं। सब ठीक-ठाक है। ईश्वर ने लाज बचा ली।

भाई दरवाज़े पर नाग की तरह कुंडली मारे बैठकर फुँफकारता रहता। एक दिन भाई नहीं था। कहीं आसपास ही गया था। वह दोमुँहा पार कर बाहर वाले आँगन में खड़ी थी। कदम्ब को निहार रही थी। उसकी छतनार डालों,...गझिन पत्तियों,...और लट्‌टुओं की तरह खिले फूलों को देख रही थी।...वह कदम्ब की आड़ में थोड़ी दूर पर हिलती-डुलती उस छाया को अपनी आँखों पे टेर रही थी कि भाई आ गया। वह कदम्ब और कदम्ब के उस पार डोलती छाया में इस कदर खोई हुई थी कि भाई को आते हुए देख नहीं सकी। आते ही वह फुँफकारते हुए फन निकलकर झपटा। वह सरपट भागी भीतर वाले आँगन में। वह चीख़ रहा था—''मना किया था न तुझे कि दोमुँहे से आगे पैर नहीं बढ़ाना। किसे निहार रही थी एकटक? तुझे जो-जो अच्छा लगता है, सब मटियामेट कर दूँगा। तुझे कदम के नीचे राधा बनकर खड़ा रहने का शौक चढ़ा है? मैं इसे जड़ से...''

उसी दोपहर,...भाई ने अपने हाथों कदम्ब को काट डाला। युवा कदम्ब हरहराते हुए गिरा धरती पर।

उसने संयत किया ख़ुद को। उठी। शिफॉन की झीनी साड़ी, पेटीकोट, ब्लाउज़, ब्रा—सब खोलकर वार्डरोब में ठूँसा। नंगी देह चलती हुई वाश-बेसिन तक आई। चेहरा धोकर गाउन पहना और बिस्तर पर लेटकर बेमन टीवी ऑन कर दिया। कोई इमोशनल दृश्य चल रहा था। नायक और नायिका गले मिलकर रो रहे थे। उसने साउन्ड म्युट किया और करव फेरकर कमरे की दीवारों को घूरने लगी।

दीवारों को घूरती उसकी आँखों में फिर कदम्ब उभरा। कटकर धरती पर गिरा हुआ कदम्ब। क्षत-विक्षत डालें,...बिखरी हुई पत्तियाँ और कच्चे फल। जवान पेड़ के कटने के अपशकुन से भयभीत अम्मा का छाती पीट-पीटकर रोना-चिल्लाना।

अम्मा के रुदन में घुल रही थी हरहराकर गिरते कदम्ब की आवाज़। फिर औरतों का गीत-नाद,...हल्दी,...बारात,...बैन्ड-बाजा,...परिछावन,...मँड़वा,...विवाह की वेदी,...भाँवर,...सप्तपदी,...माथढँकाई,...विदाई। अनगिनत दृश्य,...अनगिनत आवाज़ें,...असंख्य लोगबाग। और विदा से पहले भाई की जलती हुई आँखें और लहकते हुए शब्द और क्रोध के दाब में फुसफुसाती आवाज़। "अगर कुछ भी सुने तो गोली मारकर मिटा देंगे अपने पूरे कुल को...। दीयरी जलाने पुरखों के डीह पर आना पड़ेगा तुमको। सुन रही हो न बुचिया?"

फिर उसी शहर में बसेरा, जहाँ पढ़ाई वाला बस्ता छूट गया था। एक क्षीण-सी आशा कि शायद मिल जाए बस्ता। पुश्तैनी खेत का एक बड़ा टुकड़ा बेचकर पिता उसे विदा कर सके थे। हालाँकि सस्ते ही जान छूटी थी उनकी। कुल सम्पत्ति का दसवाँ हिस्सा भी नहीं गँवाना पड़ा। निठल्ला भाई भीतर ही भीतर प्रसन्न था कि कम में ही समय पर निबट गया यह संकट। वह जिस घर में पहुँची थी वहाँ असन्तोष था कि ठग लिया उसके बाप-भाई ने। जो तय था उसमें भी घालमेल किया गया। ऐसे ही लोगों की बेटी-बहनें फूँक-ताप दी जाती हैं।...सास और ननदों ने पारम्परिक व्यंग्य वाणों, श्वसुर ने मौन और अपने साथ हुई ठगी से बौखलाए पति ने बदले की हिंसक योजनाओं के साथ उसका स्वागत किया। पहली रात जब वह अपने निचले होंठ को दाँतों से भींचकर सब कुछ सह गई, सन्देह का शिकार बनी। जैसे हॉस्टल के वेटिंग रूम में भाई ने अपनी मुट्ठी में उसके केशों को भरकर खींचा था, लगभग वैसे ही, पहली ही रात उसके केशों को खींचते हुए हबि डार्लिंग ने कई सवाल दागे थे। उसकी चुप्पी से चिढ़कर कहा था—"कितने दिन चुप रहोगी...? आज नहीं तो कल पता चल ही जाएगा।...ज़रूर खेली-खाई हुई हो तुम...तभी तो ! पहली रात में लड़कियाँ रो-रोकर जान दे देती हैं और तुम मज़े ले रही थी।...सच बोलो। अगर ना है,...कभी कुछ नहीं किया, तो ना ही बोल दो। मैं भरोसा कर लूँगा।"

उसने न ना कहा, न हाँ। और रोई भी नहीं। तय कर लिया था कि न तो कोई सफाई देगी और न रोएगी। अब इन हालातों में कहाँ और कैसे ढूँढ़ती अपना छूटा हुआ बस्ता। इन्टर की परीक्षा होने वाली थी। वह दुबला-पतला लड़का उसकी तैयारियों में मदद कर रहा था। अपने नोट्स दे जाता और फिर दो-चार दिनों के भीतर आकर ले जाता। अच्छा दोस्त बन गया था, पर कभी उसने उँगली तक से नहीं छुआ। पता नहीं भाई ने क्या देखा!...किसी से क्या सुना!

हबि डार्लिंग की नौकरी शादी के तीन-चार महीनों बाद बैंक में लगी। कलेजा कट गया। मन मसोसकर रह गए हबि डार्लिंग। अपने पिता पर बरसे। "इन तीन-चार महीनों में क्या बिगड़ रहा था कि बेटा ब्याहने की ऐसी जल्दबाज़ी थी?

बड़ा घाटा हुआ। इस बैंक की नौकरी के बाद विवाह होता तो लड़की भी और पढ़ी-लिखी मिलती और कम से कम पाँच लाख का फ़र्क़ तो पड़ता ही। थोड़ी होशियारी बरतते पिता तो यह फ़र्क़ दस लाख तक का हो सकता था। चिरकुटों के घर की बेटी उठा लाए। न पूरा माल-असबाब मिला और न...। औरत भी प्योर नहीं लगती। ज़रूर पहले किसी के साथ...! यह तो बाद में पता चला कि इसके उत्पात के चलते हॉस्टल वालों ने इसे निकाल दिया था। भाई आकर हॉस्टल से ले गया था। सुना है, कसकर कूटा भी था और इसी चलते इन्टर का इम्तेहान नहीं दे सकी। गाँव पर घर में ही नज़रबन्द करना पड़ा था इसे। सब भेद पता चला, पर शादी के बाद। सन्देह तो शादी के बाद की पहली रात ही हो गया था, पर...।'' हबि डार्लिंग ने पिता को कोसा। पिता ने अपनी पत्नी को कोसा। और पत्नी यानी, हबि डार्लिंग की माता ने कोसा भाग्य को।

उन्नीस की उम्र में पहला गर्भ और बेटी का जन्म। नइहर ससुराल, दोनों जगह कुहराम। फिर दूसरी बेटी का जन्म। शोक ही शोक और प्रताड़ना। तीन साल में दो बेटियों का जन्म और लिंग-परीक्षण के कारण दो गर्भपात। ख़ुद दो बेटियों को जन्म देने वाली सासु माँ दूसरी पोती के जन्म का आघात नहीं सह सकीं और लकवा मार गया। ब्याही हुई दो बड़ी ननदों ने पक्षाघात का लांछन उसके ऊपर थोपकर अपनी माँ की सेवा-टहल से अपने को बरी कर लिया। लिथड़ती हुई सासु माँ गईं। इस बीच अपनी ममेरी बहन की शादी में वह दूसरे शहर गई। हबि डार्लिंग नहीं गए थे। वहीं, अपनी एक बहन की मदद से उसने कॉपर-टी लगवा लिया। किसी को कानोंकान ख़बर तक न हुई। बस्ता छोड़कर अपने घर लौटने के बाद पहली बार,...एक लम्बे अरसे के बाद पहली बार वह प्रसन्न हुई। बैंक के खातों और डिपार्टमेंटल प्रोमोशन के लिए बैंकिंग प्रणाली के ज्ञान अर्जन में उलझे हबि डार्लिंग को उसने ठेंगा दिखा दिया।

इस बीच श्वसुर गुज़रे। उसे अफ़सोस हुआ। ननदें यदा-कदा छापामारों की तरह आतीं और बैंक बाबू से कुछ लूट-खसोटकर चली जातीं। जाते-जाते पलीतों में आग लगा जातीं और हबि डार्लिंग पटाखों की तरह कुछ दिनों तक फटते रहते। समय सरकता रहा और उसने बेटियों को पालते-पोसते हुए इन्टर, बीए और उसके बाद उद्यमिता का एक शॉर्ट कोर्स किया। अपना शहर छूट गया था। मकान किराए पर लग गया। हबि डार्लिंग बैंक बाबू से बैंक अधिकारी हो गए थे। बेटियाँ सयानी होकर पुणे और हैदराबाद में पढ़ रही थीं। मुम्बई की पोस्टिंग के बाद इत्मीनान आ गया था। उद्यमिता का शॉर्ट कोर्स काम आया। उसने अपना छोटा-सा व्यवसाय भी शुरू कर दिया था। दस से ज़्यादा औरतें उसके साथ रोज़गार पर लगी थीं। ज्वालामुखी के दहाने पर बसी गृहस्थी को ज़िन्दगी के गर्भ में उबलते खनिजों का उर्वरक मिला

और वह जीवित रही।

कालबेल की आवाज़ आई। उसने दरवाज़ा खोला। हबि डार्लिंग सामने थे। आसमानी रंग का छोटा ट्राली बैग साथ लिये। वे अपनी निर्धारित यात्रा एक दिन पहले ही समाप्त कर लौट आए थे। यह कोई नई बात नहीं थी। वह अक्सर ऐसा करते और ऐसा करने के पीछे उनकी मंशा उसे रँगे हाथ पकड़ने की थी।

"खाना खाओगे या... ?"

"या ?..."

"या खाकर आए हो ?"

"तुमने बनाया है क्या खाना ?...मैं तो आज आनेवाला नहीं था,...तो बनाया किसके लिए था ?"

उसके जी में आया कि कह दे 'अपने यार के लिए बनाया है'। उसे वह चीनी लोककथा याद आई, जिसमें एक औरत के दरवाज़े पर एक यात्री पहुँचता है और साँकल खटखटाता है। औरत निकलती है। वह यात्री उससे पानी माँगता है। पीठ पर भोजपत्रों के भारी बंडलों का बोझ लादे,...थका-हारा। वह बहुत प्यासा है। औरत उसे पानी देती है। भोजन के लिए पूछती है। पहले वह सकुचाता है, पर भूखा होने की बात स्वीकारता है। औरत उसे घर के अन्दर बैठाती है और भोजन देती है। वह जब जाने को तैयार होता है तो वह उस बोझ के बारे में पूछती है, जिसे वह अपनी पीठ पर ढो रहा है। यात्री बताता है कि वह एक शोधकर्ता है और औरतों के चरित्र के बारे में शोध कर रहा है। अब उसका शोध पूरा हो चुका है और वह वापस अपने नगर जा रहा है। इन बंडलों में औरतों के बारे में जानकारियाँ दर्ज़ हैं। इस बीच उस औरत का पति दरवाज़े की साँकल खटखटाता है। औरत उससे कहती है कि उसका पति बहुत क्रोधी और शक्की है। वह दोनों को मार डालेगा। औरत यात्री को भोजपत्र के बंडलों सहित सामने रखे एक सन्दूक में छिपा देती है। दरवाज़ा खोलती है। पति दरवाज़ा खुलने में हुई देर के चलते गालियाँ देता है और खाना माँगता है। वह खाना परोसती है। पति सन्दूक पर बैठकर खाने लगता है। वह औरत सन्दूक पर बैठने से मना करती है। पति गालियाँ देते हुए पूछता है कि वह क्यों न बैठे ?...क्या उसने सन्दूक में अपने यार को छिपा रखा है ? औरत मुस्कुराती है। उसका पति उसी सन्दूक पर बैठकर खाता है। वह और खाना माँगता है। औरत कहती है कि खाना ख़त्म हो गया। वह चीख़ता है, हरामजादी, यार को खिला दिया क्या ? औरत ठठाकर हँसती है और कहती है, हाँ मेरे राजा, अपने यार को खिला दिया। उसका पति गालियाँ देते हुए बाहर चला जाता है। वह यात्री को सन्दूक से बाहर निकालती है। यात्री हत्प्रभ! औरत ने उसके पूरा हो चुके शोध को अधूरा साबित कर दिया है। वह उसका आभार मानते हुए चला जाता है।...वह मुस्कुराई।

बोली—"यार बिना खाए चला गया। उसका हिस्सा बचा है। खाओगे तो गरम कर दूँ।"

हबि डार्लिंग की भृकुटि तन गई। "बहुत लम्बी होती जा रही है तुम्हारी ज़ुबान। साली, किसी दिन ऐसे कूटूँगा कि ज़ुबान भीतर चली जाएगी और बच्चेदानी बाहर आ जाएगी।"

"तुम बार-बार भूल जाते हो। बच्चेदानी तो कैंसर के डर से तुम्हीं ने निकलवा दिया था। दूसरे अबार्सन के बाद,...छोटी गोद में थी और मैं कॉपर-टी लगवाकर आई थी। तभी जाने क्यों ख़ून आने लगा था और तुम डर गए थे कि कैंसर हुआ तो बहुत पैसे ख़र्च करने होंगे।...और बेटियाँ छोटी-छोटी थीं, सो मेरा मरना तुम अफोर्ड ही नहीं कर सकते थे,...वर्ना निकलवाते ही नहीं तुम।" वह हँसी, चीनी लोककथा वाली उस औरत की तरह।

मारे क्रोध के हबि डार्लिंग दाँत किटकिटा रहे थे। वह फ्रिज़ के पास खड़ी उन्हें लहूलुहान होते देख रही थी। कुछ देर चुप रही। थोड़ा सम्भलने दिया उन्हें। अब इस खेल में उसे मज़ा आता था। अब वह अपमान, दुःख, भय और पछतावे से मुक्त हो चुकी थी। उसने कहा—"चिकेन गरम कर देती हूँ, तब तक तुम कपड़े बदल लो। फिर गरम-गरम रोटियाँ सेंक दूँगी।...दो दिनों से बाहर का खाना खाते-खाते जी ऊब चुका होगा। है न?"

यह 'है न' मारक था। सीधे सीने में जाकर लगा। बोले हबि डार्लिंग—"नहाऊँगा पहले।...ये साली मुम्बई की धूल...उमस...पसीना...चिपचिप...।"

"मैं तो नहीं नहाऊँगी आज। अपनी देह की इस गंध के साथ ही सोऊँगी।" उसकी आवाज़ मद्धिम थी और उसमें संगीत की लयकारी थी।

"किसकी गंध?"

"परफ़्युम की।" उसने बात बदल दी।

"कहाँ गई थी परफ़्युम लगाकर?"

"यार से मिलने। तुम्हारी तरह बदबू करते हुए नहीं जाती मैं अपने चाहनेवालों के पास।" फिर एक तीखी मुस्कान थी उसके साथ।

"लात खाओगी आज तुम।"

"आओ।" झुककर फ्रिज़ से चिकेन निकालते हुए मुड़कर देखा उसने। हबि डार्लिंग जा चुके थे,...कपड़े बदलने...नहाने।

बेटियाँ जल्दी ही समझदार हो जाती हैं। चाहे कितनी भी धूल-धक्कड़ हो या कितना भी घना हो कुहासा, छिपकर काँपते सच तक उनकी आँखें पहुँच ही जाती हैं। देखने और सूँघने की कला में माहिर होती हैं बेटियाँ। पीठ पीछे चिपकी आँखें भी देख लेती हैं वे और होनी-अनहोनी की उस हर गंध को भी सूँघ लेती हैं जो घात

करने के इन्तज़ार में ठिठकी या छिपी होती है। समझदार होती बेटियों के सामने अच्छे और ताक़तवर पिता की छवि बनाए रखने की लालसा ने हबि डार्लिंग को कुछ दिनों के लिए विवश ज़रूर किया था, पर भीतर ही भीतर गाँठें बढ़ती जा रही थीं। और वह इस शहर को जागते-सोते,...दौड़ते-भागते,...घिसटते-लिथड़ते,...रोते-हँसते,...गाते-विलाप करते हुए देखकर अपनी आत्मा की गाँठ का रेशा-रेशा खोल रही थी। शहर सिखाए कोतवाली, सो मुम्बई ने उसे हिम्मत और हिकमतें दोनों दीं। उसने हबि डार्लिंग को पटाकर पहले अपना व्यवसाय शुरू किया। हबि डार्लिंग इतने भोले भी नहीं थे कि पट जाते। उन्होंने सोचा, उद्योगों के लिए करोड़ों का कर्ज़ स्वीकृत करने के एवज में होने वाली कमीशन की काली कमाई को सफ़ेद करने के लिए पत्नी का व्यवसाय ढाल की तरह काम आएगा, सो उन्होंने सहजता से सब स्वीकार किया था। कमर तक लटके केशों को सबसे पहले कटवाया था उसने और उन्हें इतना छोटा करवा लिया था कि वे किसी मुट्ठी की ज़द में न आ सकें। उसने अपने हबि डार्लिंग को आप कहना छोड़कर तुम पुकारना शुरू किया। सम्बोधन के इस बदलाव ने पलक झपकते बहुत कुछ बदल दिया था उसके भीतर। उसने अपनी कमाई से कुछ शिफ़ॉन की साड़ियों की ख़रीददारी की। डीपकट, स्लीवलेस, बैकलेस ब्लाउज़ बनवाया। फ़्लोरल प्रिंट के कुछ ब्रा और पैंटीज़ भी लिया। बेटियों के साथ जाकर कुछ जींस की पतलूनें और स्कर्ट्स के साथ नए डिज़ाइन की जूतियाँ लीं। माँ के इस कायांतरण से बेटियाँ आह्लादित थीं। पहले बड़ी बेटी पढ़ने पुणे गई। इसके अगले साल छोटी गई हैदराबाद। मुम्बई में अपनी माँ को अपने पिता के हवाले छोड़कर बेटियाँ चिन्तित थीं। छोटी के चले जाने के बाद तो बड़ी बेटी शुरू में काफ़ी परेशान रही थी। बार-बार पुणे से भागकर आती। पिता की फटकार सुनती। जब तक छोटी मुम्बई में थी, उसे भरोसा था कि पिता उसकी उपस्थिति में लोक-लाज रखेंगे, पर उसके जाते ही वह बेचैन रहने लगी थी। उसने बहुत धीरज के साथ बेटियों को भरोसा दिलाया था कि वह सुरक्षित है। हबि डार्लिंग ने भी सोचा था कि दोनों के जाने के बाद,...पर इस बीच उसने अपने को अपने भीतर जनमा ही नहीं लिया था बल्कि, पाल-पोस कर बड़ा भी कर लिया था।

हबि डार्लिंग स्नानघर से तरोताज़ा होकर निकले। स्लिपिंग सूट पहना। जुल्फ़ों में कंघी फिराकर कई कोणों से अपने को देखा। डाइनिंग टेबल पर आकर बैठे। उसने खाना टेबल पर लगा दिया था। आठ-दस की जगह अब तीन रोटियाँ ही खाते हैं हबि डार्लिंग। भाप से भरी आख़िरी रोटी प्लेट में डाल कर वह बेडरूम में चली गई। जाते-जाते कहती गई—"जूठे बर्तन सिंक में डाल देना।"

वह बिस्तर पर थी। लस्त-पस्त। अक्सर ऐसा होता कि वह ध्वंस करती और हरहराकर गिरते मलवे में ख़ुद ही दब जाती। सारा गर्दो गुबार उसकी आत्मा में भर जाता। ध्वंस की आवाज़ें बहुत देर तक अपनी बोझिल प्रतिध्वनियों के साथ उसके भीतर भाँवर काटती रहतीं। उसके हृदय की धमनियों का रक्त-प्रवाह इतना तेज़ हो जाता कि वे फटने-फटने को हो आतीं।

"दम साधे क्यों पड़ी हो?" अपने चिर-परिचित सवाल के साथ हबि डार्लिंग ने शयन-कक्ष में प्रवेश किया।

उसने आँखें खोलकर निमिष भर को देखा और फिर आँखें बन्द कर लीं। वह बचना चाहती थी। वह अभी हर तरह की अयाचित स्थितियों से पीछा छुड़ाना चाहती थी। आँखें बन्द किए हुए धीरे से उसने कहा—"सो जाओ।...थके होंगे।"

"मैं नहीं थका हूँ। तुम्हारे पास मुझे थका देने का हुनर ही नहीं है।" यह शिकायत नहीं दर्प था।

वह चाहती थी थोड़ी देर पहले अपने रन्ध्रों में उमगते उस गंध की वापसी।...वह चाहती थी गमक से आलाप में वापसी के बाद के शड़ज-स्वर की अपनी शिराओं में गूँज।...वह चाहती थी आनन्द के उस हिंडोले से उतरने के बाद की विश्रांति का स्वप्निल सुख।...वह चाहती थी उन सारे सुखों की वापसी , जिन्हें वह उसे सौंप गया था। वह आँखें बन्द कर अँधेरे में उस प्रकाश-वलय को खोज रही थी जिसकी दीप्ति में वह कुछ देर पहले तक डूबी हुई थी। पर क्या यह सम्भव था? वह अँधेरे में हाथ-पाँव मार रही थी कि कोई सिरा पकड़ में आ जाए कि यह आज की रात कटे, पर उसके हबि डार्लिंग उसके सौंपे सारे सुखों को चाट गए थे। उसके लिए सब कुछ अछोर था और वह बिस्तर पर बगल में अपने हबि डार्लिंग के होते हुए भी अकेली थी। कुछ ही घंटे बीते थे कि वह उसके साथ था। उसका सुख उसके साथ था।...कि वह एक जीवित लोक में भरा-पूरा जीवन जी रही थी। पर अब सब बदल चुका था। वह गया। यह अन्देशा उसे जल्दी लेकर चला गया कि कोई आ रहा है। उसके जाते ही पौधों पर बे-आवाज़ रेंगते हुए पत्तों-फुनगियों को चाट जाने वाले कीड़े की तरह हबि डार्लिंग आए और चाट गए सारा सुख। उसे अपने दुःखों,...अपनी पीड़ा,...अपने अकेलेपन के लिए इत्मीनान नहीं था। होता तो वह इसमें ही अपना सुख तलाश लेती। उसे ऐसे पलों में यही लगता कि मानो वह ख़ुद अपने को चबा रही है।...कि उसके जीवन का सारा सत्त चूस गए हबि डार्लिंग और वह अपनी ठठरी चबा रही है।

अपनी अम्मा की मृत्यु से ठीक पहले वह अन्तिम बार नइहर गई थी। बिछावन पर संज्ञा-शून्य पड़ी थी अम्मा की असमय बूढ़ी हुई देह। अपनी लकवाग्रस्त उस देह की ठठरी चबा रही थीं अम्मा, जिसका सत्त जब तक जीते रहे, पिता चूसते रहे।

अपने चेहरे पर भिनभिनाती मक्खियों को उड़ाने की ताक़त भी नहीं थी अम्मा के उन हाथों में, जिन हाथों से वे उसके केश सँवारा करती थीं। अम्मा टुकुर-टुकुर उसे निहारती रही थीं। भाई और भावज को अपने राजकाज से फ़ुर्सत नहीं थी। अम्मा को एक फालतू सामान की तरह घर के पिछवाड़े वाले बरामदे में फेंक दिया गया था। उसकी बेटियाँ साथ थीं। बड़ी होने के बाद पहली बार वे अपनी नानी को देख रही थीं और वह भी मृत्यु-शय्या पर। मरणासन्न। वह चाहती थी रुकना, पर हबि डार्लिंग ने कुछ घंटों की मोहलत दी थी। वह चाहती थी अपनी अम्मा को साथ ले जाना, पर हबि डार्लिंग पहले ही चेतावनी जारी कर चुके थे। भाई जाने भी नहीं देता क्योंकि उसके भीतर यह डर कुंडली मारे बैठा था कि कहीं अगर किसी काग़ज़ पर अम्मा के अँगूठे का निशान ले लिया किसी ने तो...! वह अम्मा की मृत्यु के लिए प्रार्थना करती हुई लौटी। लज्जित।...पराजित। पराजित होकर तो वह पहली ही बार अपने नइहर से विदा हुई थी। वह लौटते हुए अपनी बेटियों से आँखें चुराती रही थी। अपनी अम्मा को असहाय छोड़कर लौटते हुए उसके पास अपनी बेटियों की आँखों में अपने लिए आश्रय तलाशने का साहस नहीं बचा था।

जब-जब उसने अपने लिए साहस सँजोना चाहा बरसात में भीगी गाय की तरह थरथराकर रह गई। जब-जब कसाई के ठीहे पर ज़िबह के लिए चढ़ी उसकी आँखों में भय और करुणा की काली छाया लरज़ती रही। पहली बार जब भाई ने हॉस्टल के वेटिंगरूम में उसे उसकी सहेलियों के सामने पीटा,...कदम्ब के उस पार खड़ी उस साँवले लड़के की छाया निहारती हुई जब उसे भाई ने पकड़ा और कदम्ब को ही काट डाला, तब भी वह काँपती रही केवल।...उसके कानों में भावज का गाया यह गीत गूँजता रहा कि 'आवहू ननदोइया...पलंग चढ़ी बइठहू...कचरहू मगही पान/अपना रंगीलिया के डंड़िया फनावहू...ले जाउ बैरन हमार' और एक दिन भाई बारात बुला लाया। हबि डार्लिंग आए और वह मिमियाती हुई चली आई उनके साथ। नित नए बहाने,...कभी बोल और व्यवहार से आत्मा छिलती तो कभी हबि डार्लिंग के लात-जूतों से देह छिलती, पर वह हँकर-डँकर कर रो भी नहीं पाती।

हबि डार्लिंग की हथेलियाँ उसकी देह टटोल रही थीं। वह दोनों टाँगें और बाँहें छितराए चित पड़ी थी। उसकी देह की तमाम कोशिकाएँ हबि डार्लिंग के छूते ही रेत कणों में तब्दील हो गई थीं। जलविहीन,...सूखी हुई,...रेत भरी नदी की तरह बिछी रही वह। तेज़ आँधी की तरह बहते रहे हबि डार्लिंग और उड़ते रहे रेत के बगूले। वह चाहती थी कि इतनी रेत उड़े कि हबि डार्लिंग का मुँह,...नाक,...कान ही नहीं...फेफड़ा तक भर जाए रेत से। हाँफते हुए अलग हुए हबि डार्लिंग। एक भद्दी-सी गाली उछालकर वाशरूम में घुस गए। वह वैसे ही पड़ी रही अपने अंग-

अंग में रेत के ढूह लिये। हबि डार्लिंग वाशरूम से बाहर निकले और बालकनी में जाकर सिगरेट फूँकने लगे।

वह सोच रही थी रात और दिन में इतना फ़र्क़ क्यों होता है। दिन में दुनिया के झमेले, पर दिन न बढ़ते हैं, न सिकुड़ते हैं।...और रातें कभी पलक झपकते बीत जाती हैं,...दूब की नोक पर टिकी ओस की तरह भाप बनकर उड़ जाती हैं और कभी सुरसा के मुँह की तरह ऐसे फैल जाती हैं कि सब कुछ समा जाता है उनमें।...और उस रात,...जब गरजते हुए हबि डार्लिंग ने कहा था—"...हाँ, अय्याशी करने गया था मैं।...और अक्सर जाता हूँ। कभी लोनावाला, तो कभी खंडाला,...और कभी पुणे। तुझ जैसी लाश के साथ सो-सो कर उकता चुका हूँ मैं।...तू तो इस लायक़ भी नहीं कि कहीं जाकर अय्याशी कर सके। कुतिया साली, बस टाँगें छितारकर पड़ जाना जानती है।...पर मैं तुझे छोड़नेवाला भी नहीं। मैं भी तुझे कुत्ते की तरह नोचता-खसोटता रहूँगा। चैन से नहीं जीने दूँगा तुझे।..."

उस रात का बलात्कार, पिछले सारे बलात्कारों पर भारी था। पर उसी रात पहली बार साहस का बीज अँखुआया था उसके सीने में। उस रात वह रोई नहीं।...और उसके बाद कभी नहीं रोई। रातें बदलती रहीं दिन में और दिन बदलते रहे रातों में। साँझ और सुबह आती-जाती रहीं। हँसना और रोना, दोनों क्रियाओं का उसके जीवन से लोप हो चुका था। बेटियाँ आतीं, तो पता चलता कि सुबह हुई या साँझ आई। वह बेटियों के सुकून और आश्वस्ति के लिए मुस्कुराती। बेटियाँ लौटतीं और वह उनके फिर आने की आस की डोर थामे डोलती फिरती दिन और रात के बीच,...सुबह और साँझ के बीच।

ऐसी ही एक साँझ मिला था वह। उसके लिए मुम्बई के जनसमुद्र में एक हरे-भरे द्वीप की तरह उभर आया था वह। उसे देखते ही जाने क्यों पल भर के लिए उसकी आँखों में कई दृश्य भर गए थे। उस दुबले-पतले साँवले लड़के की छवि कौंध गई थी। हॉस्टल के गेट पर हाथ में नोट्स की कापियाँ लिये खड़ा दिखा था वह।...उसके घर के सामने कदम्ब की ओट में थोड़ी दूर खड़ा बेचैन आँखों से उसे ढूँढ़ता हुआ दिखा था वह।...यह उसका मतिभ्रम था, पर वह इसमें खोई रही थी कुछ पलों तक।...छोटी हैदराबाद से आई थी। वह छोटी के साथ एक बुक-शॉप में थी। वहीं मिला था वह पहली बार। क़िताबों की रैक से अपने लिए क़िताबें चुन रहा था कि...। वह उसे लगातार निहार रही थी। पहले तो झिझका वह। फिर मुस्कुराया। दुबला-पतला,...मँझोला कद,...उमगती हुई बड़ी-बड़ी आँखें,...करीने से सँवारी हुई ज़ुल्फ़ें और चेहरे पर काली-सफ़ेद बेतरतीब घनी दाढ़ी। छोटी क़िताबों के रैक में उलझी थी और वह उसके जादू में। वह पास आया। उसने हैलो किया। वह लरज़ उठी।

"कौन सी क़िताब ढूँढ़ रही हैं आप?" हौले से पूछा था उसने।

उसके जी में आया कह दे कि 'तुम्हें ही ढूँढ़ रही थी।...कहाँ गुम हो गए थे?' पर वह चुप रही।

"मैं आपकी मदद करूँ...क़िताब ढूँढ़ने में?"

"...बेटी के साथ हूँ। वो अपने लिए क़िताबें ले रही है...वहाँ...वो सामने वाली रैक के पास...।" बड़ी मुश्किलों से वह कह सकी।

"कल मिलते हैं।...यहीं...इसी समय।...आपके लिए क़िताबें ढूँढ़कर रखूँगा। मैं तकरीबन रोज़ ही आता हूँ यहाँ।" उसका स्वर संयत था और दृढ़ भी।

लरज़ रही थी वह। पता नहीं, यह भय था या रोमांच! उसके होंठ काँपे, "नहीं...। कल नहीं।"

"परसों।...मैंने कहा न कि तकरीबन रोज़ ही आता हूँ यहाँ। संडे छोड़कर।"

"हूँ।" उसने हुँकारी भरी। कंठ में फँसी इस हुँकारी को छाती में उमड़ती...बेक़ाबू होती धड़कन ने बाहर धकेल दिया था।

"थैंक्स!" कहते हुए वह आगे निकल गया। वह उसे निहारती रही। उसने पीछे मुड़कर देखा। मुस्कुराया। और एक रैक में लगी किताबों की ओट से उसे निहारता रहा। छोटी उसके पास आ चुकी थी।

दूसरे दिन छोटी हैदराबाद गई। तीसरे दिन उसने आने के लिए हुँकारी भरी थी, पर गई नहीं। चौथे दिन सन्डे था। पाँचवें दिन वह अपने को रोक नहीं सकी थी। सोचा था कि बस एक मिनट के लिए उस बुक शॉप में जाएगी। अगर वह नहीं रहा, तो इन्तज़ार नहीं करेगी। वापस लौट आएगी।...और अगर मिल गया तो!

...वह गई। वह था। बुक-शॉप के दरवाज़े के पास वाली क़िताबों की रैक में अनमना-सा कुछ ढूँढ़ता हुआ। बार-बार अपनी आँखों से किसी के आने की आहट को टेरता हुआ।

वे दोनों बुक-शॉप से बाहर निकले। एक कैफे में गए। उसी दिन उसने अपने फ़ोन में उसका नम्बर दर्ज़ किया और नाम की जगह लिखा—'माय लव'। इसके बाद वह लगातार अपने माय लव से मिलती रही। कभी कैफे में,...कभी रेस्तराँ में,...कभी समुद्र तट पर। वह टहलती रही उसकी बाँहों में बाँहें डालकर। कभी साथ खाना खाया...और कभी थिएटर में साथ फ़िल्म देखी।...वह सालों पहले उत्तरप्रदेश के एक क़स्बे से मुम्बई आया था। फ़िल्मों के जादू ने उसे इस मायानगरी तक खींच लिया था। वह ख़ूब पढ़ता था। कविताएँ लिखता था। नाटक करता था। वह सेल्युलाइड पर कविताएँ लिखना चाहता था, सो अपना क़स्बा छोड़कर मुम्बई आ गया। वह अब तक तीन अच्छी, पर असफल फ़िल्में बना चुका था। इस बीच बमुश्किल वह अपने लिए एक कमरे का फ्लैट अर्जित कर पाया था।

माय लव ने उसकी ज़िन्दगी बदल दी थी। वह सपने देखने लगी थी। वह कल्पनाओं के पंख लगाकर निभृत आकाश में उड़ान भरने लगी थी। माय लव को याद करते ही उसकी देह हिंडोले भरने लगती। आज पहली बार वह उसके घर आया था,...उसके बुलावे पर। अकूत धैर्य था उसके पास। यह धैर्य उसने अपनी असफलताओं से अर्जित किया था।

...आज माय लव का यूँ लौट जाना उसे वेध गया था। अचानक उस युवा कदम्ब के कटकर गिरने से उपजी पीड़ा की तरह यह पीड़ा भी असह्य हो चली थी उसके लिए।...सिगरेट फूँककर बिस्तर पर वापस आ चुके थे हबि डार्लिंग और खर्राटे भर रहे थे।...और वह कमरे की नीम रोशनी में उभरते माय लव के चेहरे को निहार रही थी। उसकी साँसें उसके भीतर नई इबारतें लिख रही थीं...कि वह अब हबि डार्लिंग के ख़ौफ़ से अपने माय लव को विदा नहीं करेगी। बेटियों के ख़ुदमुख़्तार होने में कुछ ही समय शेष है। तब तक सारे छल करेगी और अपने आँचल की ओट में बचाए रखेगी प्यार और लालसाओं की इस लौ को।...और एक दिन हबि डार्लिंग के मुँह पर थूककर उन्हें अय्याशी और प्यार का फ़र्क़ बताएगी।...उसने बगल में पड़ा मोबाइल फ़ोन उठाया। कान्टैक्ट में जाकर हबि डार्लिंग को ढूँढ़ा। एडिट मोड में गई। केवल हबि रहने दिया और डार्लिंग को डिलीट किया।

(कथादेश, जून 2014)

●●●